中国当代文学名家精品集

加餐饭

傅菲 著

成都地图出版社
CHENGDU DITU CHUBANSHE

图书在版编目（CIP）数据

努力加餐饭 / 傅菲著 . -- 成都：成都地图出版社
有限公司 , 2025. 6. -- (中国当代文学名家精品集).
ISBN 978-7-5557-2797-2

Ⅰ. I267

中国国家版本馆 CIP 数据核字第 2025DG6523 号

中国当代文学名家精品集：努力加餐饭
ZHONGGUO DANGDAI WENXUE MINGJIA JINGPIN JI: NULI JIACAN FAN

著　　者：傅　菲
责任编辑：赖红英
封面设计：李　超

出版发行：成都地图出版社有限公司
地　　址：四川省成都市龙泉驿区建设路 2 号
邮政编码：610100

印　　刷：三河市人民印务有限公司
（如发现印装质量问题，影响阅读，请与印刷厂商联系调换）

开　　本：710mm×1000mm　1/16
印　　张：13　　　　　　　字　　数：200 千字
版　　次：2025 年 6 月第 1 版
印　　次：2025 年 6 月第 1 次印刷
书　　号：ISBN 978-7-5557-2797-2
定　　价：68.00 元

出版说明

2023 年春，教育部等八部门印发《全国青少年学生读书行动实施方案》。随后，122 家国家语言文字推广基地共同发出"典耀中华"主题读书行动倡议。一些具有文化情怀的出版社和文化公司，立即响应，策划各种适合青少年阅读的图书，《中国当代文学名家精品集》书系应运而生。

《中国当代文学名家精品集》书系由北京世图文轩文化发展有限公司（下称"世图文轩"）策划，由成都地图出版社出版。我非常荣幸地受邀担任主编。

世图文轩成立于 2010 年，系北京市内乃至全国较有影响力的图书发行公司之一，曾获得"重合同守信用企业""诚信经营示范单位"等荣誉称号。长期以来，世图文轩和众多出版社就优质图书出版进行合作，获得了合作伙伴的一致好评。在"典耀中华"主题读书行动中，他们敏锐地抓住机遇，迅速策划主要以初、高中生为读者对象的大型书系选题，显现出他们的眼光、魄力与胸怀，以及对于文化市场的拓展理想。我相信，这样一家致力于图书策划、出版的公司，其品牌信誉是毋庸置疑的。

为成长中的青少年读者集中呈现名家优秀作品，是一件虽然困难，却功在当代、利在未来的大好事，我能参与其中，与有荣焉。我必须以一种高度的使命感、责任感以及担当精神来做好这个书系，成就这件大好事。

令人特别感动的是，刚开始组稿时，刘成章、王宗仁、陈慧瑛、韩小蕙、王剑冰、李青松、沈念等老师就对这个书系表现出极大的支持和信任，并在第一时间提供了书稿以示鼓励。很快，几乎所有得知此书系的作家都认为这是在为作家、为"典耀中华"主题读书行动做一件好事、大事。由此，我和我的临时编辑室成员获得了极大的信心，热情也更加高涨，此后连续十个月，我们整个身心都扑在了这件事上。

一个人只要用心做事，人们是会感受到的，也会默默地予以支持。事实上也是如此。随着组稿工作的开展，我们和作家们的沟通日益频繁，我们发现，他们除了都表现出对这个书系的兴趣与认可，对当代散文创作的发展、繁荣的前景，还有一种共同的期待与信心。这对我们无疑是一种更为巨大的鼓舞与动力。

组稿虽然也费了不少周折，但总体上比想象中顺利得多。当然，非常遗憾的是，一部分作者由于手头书稿版权等原因，未能加盟到这个书系。

组稿只是我们工作的一部分，更为具体、更为烦琐的，是审稿事务，它出乎意料的繁重，也占据了我们比预想的多得多的时间和精力。偶尔，我们也有点儿想放弃了，但是，想着这是一件功德无量的事，又兀自笑笑，继续埋头苦干。在这个过程中，感谢师友们对我们工作的配合、理解、支持与信任。

静下心来，切实感受审读、编辑工作的价值和意义。

书系里，名家荟萃，佳作如林。有的，曾代表过一种新的创作范式；有的，曾开启过一种创作方向；有的，对某一题材开掘出更深更独特的思想；有的，有引领某类题材与风格的新面貌；等等。毫不夸张地说，散文多角度多样式的表达，在这个书系里应有尽有，全景式、全方位地呈现出中国散文几十年的创作成果，是当代散文创作的一个缩影。

总体上，无论是题材、创作方法，还是思想容量，此书系都呈现了散文广阔的视野，让我们感受到散文天地的无垠无际。

具体来说，以下几个特点特别明显：

一、作者队伍可谓老中青完美结合。入选作者的年龄跨度最大达半个多世纪，上有鲐背之年的高龄名将，他们文学生命之树长青，宝刀不老，象征着老一辈散文家依然苍翠的文学生命力；最年轻的三十出头，他们雏凤声高，彰显散文创作的新生力量蓬勃兴旺的景象；一大批中壮年作家，是当代散文创作领域里当之无愧的中坚基石，他们的创作正处于繁花似锦的鼎盛时期，实力毕现。

二、题材多元多样，内容丰富多彩。书系中，既有涉及上下五千年历史的洒脱智慧的历史文化散文，又有让人惊艳的初次涉猎的新颖、独特题材。有人写亲情，有人写风景。有些人写自己的童年，让我们看到其成长时代；有些人写一个城市或一条河流的前世今生；有些人写自己对故乡的记忆，从更有新意的视角表现这个时代的巨变；有些人集中了自己几十年的写作精品，让我们看到他们的创作道路上的足迹；有些人专注于一个主题，开掘深挖，独具魅力；有些人关注时代、关注身边的人和事；有些人剖析自己的内心情感……总之，反映中华传统文化、红色文化和当代自然文学精粹的作品，在此书系里比比皆是，或温暖动人，或鼓舞人心。

三、风格百花齐放，个性特点鲜明。几十部作品，有的侧重写实，有的侧重抒情，有的注重开掘思想，有的追求内容唯美，有的描写细致入微，有的叙述天马行空……表现方式千姿百态。但无论哪种风格，无论如何表达，皆个性鲜明，情感饱满，呈现出思想性、艺术性、可读性兼备的特质，读者可以从中获得不同程度的启发，感受到散文的魅力。

四、女性作者跳出了人们对"女性散文"固有的观念。书系中占有一定比例的女性作者，她们的作品虽然仍保留细腻敏感的特色，但大都呈现出大气开阔、通透有力的格局。她们温柔而现代的行文表达，对读者来说有着更为别致的情感体验和人生借鉴意义。

　　总之，这个书系，将是我们打造阅读品牌的开端。如果你愿意静下心来阅读，你一定会有所收获。

　　习近平总书记在文艺工作座谈会上讲话时指出："优秀文艺作品反映着一个国家、一个民族的文化创造能力和水平。吸引、引导、启迪人们必须有好的作品，推动中华文化走出去也必须有好的作品。"我们希望，这个书系能成为读者眼里"正能量、有感染力，能够温润心灵、启迪心智，传得开、留得下，为人民群众所喜爱"的"优秀作品"。

　　在此，特别感谢沈俊峰、陈晨两位搭档的通力协作，我的编辑朋友梁芳、胡玉枝的倾力相助，以及世图文轩、成都地图出版社上上下下推进此书系出版的所有领导与师友的大力支持和耐心细致的工作。他们让我感受到了团队的力量。同时，也特别感谢出版方将我和我的搭档的作品纳入此书系，我们把此举视为对我们的"嘉奖"。

　　上述文字，不敢称"序"，不敢称"前言"，甚至不敢称"出版说明"，仅表达此书系的缘起和一些组稿、审读的感受，也许过于肤浅，还望广大作者、读者海涵。

《中国当代文学名家精品集》主编

目录

第三辑　伤感的美学

第四辑　卑微的隐喻

第一辑 孩子的玫瑰

努力加餐饭

　　"思君令人老，岁月忽已晚。弃捐勿复道，努力加餐饭。"出自《古诗十九首》之《行行重行行》，很多人印象深刻的是"思君令人老"，人生苦短，相思悲凉，花谢叶落，怎么不让人哀哀憔悴呢。而我读了，从此不会忘却的，却是"努力加餐饭"。《古诗十九首》是由南朝萧统从传世无名氏的"古诗"中选录十九首，编入《昭明文选》，是我极其喜爱的一本古诗集。

　　努力加餐饭。人生没有比这个更美好的祝福了。

　　读什么样的书，和什么样的人说话，做什么样的事，吃什么样的饭，对于我这个"草根"来说，是比较重要的。吃什么样的饭，占据了我日常很多时间——肠胃问题没解决好，很难说能把大脑问题解决好。我的女儿聪聪是一个对吃要求比较高的人。有一次，我对她说："以后到了大学，可是要天天吃食堂的，总不至于雇人烧饭给你吃吧。"聪聪说："这个问题很好解决，你以后办一所大学，我去你大学里读书。"我目瞪口呆。儿子安安却几乎对吃没要求，他说："一杯牛奶、一块面包，比你的红烧排骨好吃。"我又是瞠目结舌。两个口味完全相反的人，却坐在了一张桌上。一屋，三餐，四季。

　　聪聪从两岁开始就自己吃饭，一个勺子、一双筷子、一个汤碗、一个骨碟、一个饭碗，喝小碗汤，吃剩的骨头放碗里，吃饭慢条斯理，不吃汤泡饭，不说话，不看电视，好吃的菜放哪个位置，她就坐哪个位置。她吃鱼，先吃鱼唇，再吃鱼肚白边的肉，虾蟹必须是新鲜的，活蹦乱跳时下锅。过节，外公打电话来："聪聪，过节了，你要来吃饭。""有野生甲鱼吗？没野生甲鱼，我不去。"她回道。那时她三岁。我熬鸭汤，放几根冬虫夏草作料，她翻开砂钵，用小筷子把冬虫夏草一根根找出来，自己慢慢吃。她也不知道冬虫夏草是什么，她才四岁。她吃饱了就下桌，有再好吃的东西，也没兴趣了。她外婆在药店上班，她在店里看见了白白的像银耳一样的东西，回家叫她妈妈买来炖冰糖吃。她妈妈炖了一碗，她吃了，抹抹嘴巴，说："真是好吃！"当然好吃了，因为那是燕窝。她那时还是小班的小朋友呀。安安则是什么也不愿吃，我们喂饭一直喂到他七岁，他吃饭时脚盘在椅子上，也常吃汤泡饭。等他自己学会用筷子吃饭了，又吃得狼吞虎咽，嘴巴鼓鼓，饭桌变成垃圾场。他现在十一岁了，每次吃饭，我都要嘱咐他："坐好，端碗，慢慢吃。"一个把饭都吃不好的人，是不可能做好事情的，也不可能把书读好。他还小，他还不明白，吃饭的态度就是对生活的态度，也是对身体的态度。

无论我去哪儿，第一件事就是打听当地的土特产，必须买。现在有快递，买了即寄，以前，总是大包小包背回家。这些物产，是我给聪聪的最好礼物。事实上，我在外地很少买到好东西，因为时间匆忙，挑选得不够精细。但也有例外。有一次，我去婺源，买到了野生石耳，一斤多，我全要了，一百多元钱一斤呢。那时我工资还不到千元，婺源还没开发呢。石耳炒蛋，或炒白菜丝，味道鲜美，聪聪是吃得放不下筷子。还有一次去德兴大茅山，到各家各户收野生香菇，收了一斤多，炖鸡、炖鸭时，放一些下去，香气浓郁，口感滑溜，一生是吃不上几次的。

没有外出工作的话，我在家负责烧饭。烧饭的人，都是自己买菜的。我送女儿上学后，再返回菜场，把菜买好再上班。猪肉买得少，要买也是买里脊肉、排骨、口条，偶尔选精肉。我喜欢买鱼，买野生鱼。

菜场只有一个妇女卖野生鱼，她的摊位在保育园对面的小巷口。她是灵溪人，风雨无阻地骑十几公里的电瓶车来，驮着水箱，一边一个。她卸货，杀鱼，动作特别麻利。我也风雨无阻地买她的鱼。我如果先到了，会马上给她打电话，问她到哪儿了。我没时间去，也给她打电话，问她有什么鱼，好鱼留一些给我。所谓好鱼，是鱼骨少、鱼肉不糙的鱼，一般是阔嘴鱼、三斤左右的草鱼、黄骨鱼、鳜鱼。她没鱼卖的时候，我也不买鱼。她老公是打鱼的。我也不用问价钱，她也不用开价，鱼怎么杀，怎么切，我不要的部位是什么，鱼要多少，单条鱼需要多重，她全知道。有时，看到鱼好，尤其是雨水节气后，鱼孵卵了，捕捉得多，我选不过来，便每样鱼都要——这么好的鱼，怎么舍得让别人买走呢？——我竟然傻乎乎的，像个开餐馆的人，两手都提着鱼，一算价格，竟有几百块。鱼多了，怎么吃得完呢？我又送给楼上楼下的邻居，送给聪聪外婆，送给盐——用来腌制小部分。十六七年了，那个卖鱼的妇人，我至今还不知道她姓什么，看着她黑黑的、圆弧一样的脸，我似乎看到信江里浪游的鱼。买青菜，也是找固定两个人，一个是刘家坞妇人，三十多岁，拉平板车，矮小、瘦，像个放了几天的青辣椒。她的小白菜、菠菜，都是自己种的，看着很娇嫩。冬天，她也卖红薯，也是自己种的，黄皮白心，煮在稀饭里甜甜的。还有一个是汪家园的卖菜人，挑粪箕来，我喜欢买他的红萝卜，中指粗长，下锅一炒，就把油吸进去，难得的好吃。他夏天卖的辣椒和黄瓜，也是我爱买的。黄瓜生吃，辣椒去籽，生煎，以生抽作料水，放大蒜、豆豉，熟而不烂，透而不焦皮，怎么吃也吃不厌。挑粪箕的人，坐在矮板凳上，独眼，瞎的那只眼，嵌了一只狗眼进去，眼珠死白，他的手指短而粗，指甲当小刀用，处理时，他不用刀，用指甲抠。

　　当然，这是住白鸥园时，菜场大，方便。前两年，聪聪去读初中了，我又搬到凤凰大道居住。小区的菜场是小菜场，菜也贵很多。主要是没什么菜买，蔬菜也大多是卖菜人自己种的，可鱼鲜有，但两家卖鱼的，也都是饲料鱼。我不买饲料鱼。我也很少买鸡鸭鹅，饲料喂养的，没什么值得吃的。在白鸥园，有一个卖家禽的摊主，他隔不了几天，会给我电话，说从农村收了土鸡、土鸭。我咚咚咚地跑去找他。我是信任他的，他和收购鸡鸭的人，有隐秘的联系。可能吃他的货最多的人，是我。他老婆胖胖的，拔鸡毛特别快，我一支烟没抽完，她便拔好了。聪聪还抱手上的时候，她小孩落地。小区菜场简单，想吃一餐如意的饭菜，可不简单。那就将就吧。将就又心不甘，又跑大菜场。

我不买超市里的菜，不买菜场的羊肉，不买陌生摊主的鸡鸭鹅，极少买牛肉。要吃牛排或羊排，去马克西姆西餐厅或亿升西餐厅，我的爱人蔡虹带聪聪和安安去，我是从不吃西餐厅里的东西的。买鸡鸭鹅，我会去乡下。每年年底，我也会买一只羊，留着慢慢吃。有一年，我女儿大概是八岁吧，过年时我和一个朋友吃饭，他的女朋友说，她叔叔养了好多土鸡，在田里养的。我立马说："卖给我二十只，你料理干净了，我去拉。"等我看到一地的鸡，我傻了，全是肥胖的饲料鸡。我又不好多说，花三百多块钱一只的价格买了，拉进城，回去全送给朋友吃。我懊悔，自己怎么轻信了人家随口说的话呢。

好几次，聪聪对我说："别排骨炖海带、炖萝卜了，也别炖肱骨啊，都吃得想呕吐了。"我说："怎么啦？"聪聪说："再好吃的东西，也不能常吃。"我说："我真买不来菜，要买好食材，比我写字难度大多了。"蔡虹买菜，是不想那么多的，见了就买，很少考虑品质。我外出的时候，她就负责采买。我回家了，看见她买的菜，我也不多说，把菜理一理，然后将大部分扔掉。

可再好吃的菜，安安都说不好吃，一年到头，难得表扬一句：今天的菜不错。他唯一满意我做的菜，是煎荷包蛋。有时蔡虹不在家，安安显得心事重重，干什么也不安心。安安爱喝牛奶。值得安慰的是，聪聪、安安都不爱吃零食，更不会吃麻辣烫、烤肉串和超市卖的辣条、萝卜条。去年蔡虹去四川，我带了聪聪、安安一个星期。一天，是星期天吧，我正在午睡，安安打双赤脚，笃笃笃地跑到我窗前，说："我饿了。"我迷迷糊糊，说："待会儿，爸爸睡一下，你自己找吃的，有蛋糕，也有香瓜。""都吃完了。"安安说。

但我还是要睡一会儿。我翻了个身，继续睡。

"饿久了伤身，觉还可以继续睡。"安安说。我乖乖地起床，打开煤气灶，给儿子煮了两个荷包蛋。

我却再也不想睡了。

安安五岁那年，我外出工作，她妈妈带他们吃食堂，或去餐馆吃炒菜，很少在家烧饭吃。每次回家，我也不去外面玩，好好买菜烧饭。但我的安安似乎不买账。他爱吃面食，清汤面条、馄饨等，他都喜欢。聪聪吃饭，她上桌扫一眼，好吃的菜摆在哪儿，她就坐哪儿，默默吃，吃完了就下桌了。而我儿子，我每次都要叫他："安安，吃饭了。"他应都懒得应，一心看电视，或玩玩具。我把电视关了，大家开始吃饭。他却一副苦大仇深的样子。

每天买菜，我都要征求聪聪的意见。我儿子的意见，几乎不用征求。他会说："我想吃炒鸡丁、炖排骨、红烧鸽子。"可给他烧了这些菜，他也只吃红烧鸽子。家里有鸡，他就说要吃鸭子，家里有鸭子，他说要吃鸡，家里的菜都不是他想要的。有一段时间，他爱吃蒜薹，家里就三天两头烧蒜薹。而我女儿喜欢吃洋葱，如肉丝炒洋葱、洋葱炒蛋等。除了红烧鸽子、红烧鸡翅鸭翅，聪聪、安安是很难找到共同爱吃的菜。所以，我一餐大部分要烧四个菜，两荤两素，另加一个汤。他们各吃各的。共同点是，他们都不吃辣，不吃腌制鱼肉。聪聪三餐之外，除了水果，很少吃其他食物。安安除了三餐之外，可能还有第四餐、第五餐。他经常没吃饱就下桌，爱折腾，但过不了多久，又想吃东西。我也常常熬稀饭、煮面条、煎荷包蛋给他吃。因为，饿是大事。经常这样，也成了恶习。我不批评，让他饿着。

作为父亲来说，我最大的优点是极其有耐性地给他们姐弟负责一日三餐，只要孩子想吃，我都立即付诸行动。我的生活有几个信条，其中之一是要热爱吃，但不能贪吃。我反对贪吃，贪吃的人大多是交朋友不怎么选择的人，这会误事，也误人生。贪吃的人中，也很少有自强的人。

作为一个平凡的人，如我，吃好每一餐饭，干好每一天的事，爱好心上的人，就是一生的大事。

点灯的人

　　我的儿子安安在学前班读了一年，便争着要去"小星星"英语班学英语。那时，他还不到三岁，讲话都讲不清楚，说话有结舌音。他还不知道什么是英语。他姐姐背着一个动物图案的书包，去上英语课，安安也跟着去。姐姐放学，他也去接。过了两个月，安安说："我也想去学英语。"英语课五十块钱一节，他妈妈问我，这样会不会乱花钱呀。我说，让他去呀，小孩有一个玩的地方该多好，比看电视快活吧。

　　英语课，一个星期三节课，一节课一个小时。"小星星"是一个小学生培训机构，开设了很多班，涉及英语、语文、美术、数学等科目。教室在一条小弄堂里。我以为安安学两三个星期，新鲜感过了，便不会再去学。我问安安，学英语好玩吗？他也不理会我。出门了，我逗他："今天不去学英语了，去银泰游乐城玩。"他爱去银泰游乐城，每天都要去玩一次，玩到筋疲力尽了便呼呼大睡，他妈妈抱他回家。他妈妈抱不动，我就下楼，去接一程。可安安说，他要上了英语课再去玩。

　　我从没指望他学到多精妙的英语，能玩开心就可以。我去"小星星"接他，他老师对我说："你孩子上课，走来走去，谁都不能叫他停下来。"我笑起来，说："这才是正常的孩子，孩子都不愿走来走去了，不贪玩了，就不正常。"孩子有些多动，是多巴胺分泌的缘故吧。安安在两岁的时候，走路跌跌撞撞，每天傍晚去肯德基门口，和服务员一起跳员工舞，拍手、叉腰、跺脚、扭小屁股，笑翻全场。他见了谁，都不怯生，立刻就能和别人混熟。他喜欢出门玩，玩得昏昏欲睡，才回家。他每天必去步行街走一圈，每晚必去银泰娱乐城玩儿童游戏。我从来不阻止。

　　没想到，他一直坚持着学英语，一节课也没耽搁。到了小学，他妈妈想给他报培训班，上数学、语文课，还要上其他科目的课程。我反对这样的安排，说："小学阶段跟得上，成绩不落下来就可以，孩子又不需要顶尖的成绩，小孩不是这样教育的，你培养他兴趣就好了，他以后会找到自己发展的路。"后来，安安又去学小提琴，老师是我熟人，便送给他一把小提琴，看看安安是不是有兴趣。安安去学了两次，便不去了，说："拉小提琴一点也不好玩，脖子扭起来，难受死了。"我说："乐器可以选一种学学，现在小学教育，还是以应试教育为主，很多小学生连简谱都不认识，到了初中，音乐课、体育课大都成了语文、数学、英语几大主科的作业课，我们改变不了这个局面，但我们可以弥补。"选来选去，安安选择了学习吉他。相较于其他乐器，吉他学起来比较枯燥。我说："安安，你可以学吹萨克斯，萨克斯吹起来，太酷了。"萨克斯学了三节课，他觉得不好玩，不学了，说："吉他好玩，弹起来，像个流浪汉。"我说："那由你吧，但坚持是必须的，不要学了半年又不学，那样会一事无成。"每次去学吉他，他妈妈背一个吉他，像是出门做流浪歌手似的。

　　到了四年级，安安又去学围棋。他好动，我以为他坐不住，学不了几天的。我曾提议过，让他学书法或画画，让他安静下来。但他没什么兴趣，买来的纸笔扔哪儿去了，谁也不知道。围棋学了半年，他也在家里和我对弈。我没学过围棋，技术差得很。我还是有模有样地摆开棋谱，陪他下。我赢了，他说："你这个当老爸的，一点风度也没有。"我输了，他说："你真没用，棋艺臭得像汗脚。"我有几次去棋院接他，他还没下课，我坐在走廊边的靠背椅上等他。其他家长倚窗而坐，低着头，玩手机。我不在孩子面前玩手机，我也不让孩子玩手机。我要求孩子不要做的，我必须自己不做，这是一个原则。有时，我推开门缝，看他下棋。他一只手撑着脑袋，作深思状，一手下棋。

在第一小学，安安绝对是家长口中的"名人"。我有一个二十余年的老友，我叫他爱人嫂子。嫂子叫我："哦，安安爸爸。"我坐在小店门口等安安放学，有些家长看看我，说："哦，你是安安爸爸。"至于安安因为什么"出名"，我不知道。可能是老师喜欢他，他爱活动。有时别的家长会当面夸奖安安聪明，什么东西一学就会。我便在路上对他说，这个社会聪明人太多，勤奋的人好少，我们要做一个勤奋的人。勤奋的人，比聪明的人可靠。没人认为安安不调皮的。可能我是唯一不认为他调皮的人。爱活动，不等于调皮。我对他最满意的两点，一是不触犯底线，二是能专心做事。无论是老师还是我或他妈妈，交代他的事，他都不会触犯底线，他不争东西、不耍赖，时间观念强，不乱跑，也不和别人发生争执。他做事，能一下子安静下来，无论做作业还是看电视，都很安心，叠玩具积木、下棋、打球，都很专注。这是他非常好的品质。我有时候表扬他，说："你比你老爸强多了，老爸烧菜有时候不专心，把排骨都烧焦了。"他玩积木，我去打扰他，他显得不耐烦，说："你能不能走开点，可不可以不叨扰我。"他最不专心的时候，可能是吃饭，我"苦口婆心"说了很多次，吃饭认真的重要性，他头也懒得抬，不理会我，这给我很大挫败感。

上个月中旬，我去英语培训班接安安回家。我去得早，便坐在大厅里，和培训老师聊天。老师是个三十多岁的女同志，说："安安爸爸，你还是第一次来吧。"我说："之前在'小星星'英语班常去，金龙城涂老师那儿也常去，你这里还是第一次来。"这是安安第三次换的英语培训班，外教老师帮他训练口语。老师说："你怎么教你孩子的，安安和聪聪，老师都特别喜欢。"我乐呵呵地说："老师当然喜欢呀，一节课两百块钱，哪有不喜欢的。"老师说："你真会说笑，你孩子格局大，我带他出去玩，他还不让我花钱，他说他请客。"我说："你不能因为他不让你花钱，你就说他好话。"老师说："不是的，来这里上课的同学都喜欢安安。"我说："他就是会找乐子呗。"老师说："安安来了，我们都开心。"我说："可能我对孩子要求不高吧，他不累，健康快乐，我觉得这样就可以了。"老师问我："你在家经常给你孩子讲道理吗？你两个孩子很懂道理。"我说："我很少讲道理，讲多了，孩子会烦的，何况我自己都不懂道理。"我以孩子的意愿为他成长根本原则，我几乎不叫孩子服从我。我不想让孩子从小屈服某一个人，哪怕这个人是他老爸。不要培养自己孩子奴性，奴性是人尊严的天敌。我们的身边，有太多奴性的人，站在利益立场，摒弃任何东西。这是人的悲哀。我们要去做一个凭能力而活的人，而不是做一个依靠奴性、依靠依附而活的人。没有奴性，我们可能会活得艰难些，但踏实，可以昂首挺胸。我也不太问孩子成绩，到重要考试了，我会问问，考得优异，我会奖励，只要孩子开口，合理的要求，我都会答应，比如买自行车，比如去旅游。我不问成绩，不是我不关注，而是不要过于在乎分数。问多了，孩子就知道父母在乎分数，他会有很大压力。在孩子眼里，分数是重要的，在我眼里，学习习惯、学习态度是最重要的。不要让孩子过于纠结于分数，他努力了，就足够。我们需要督促的，是他是否努力，而不是分数。我看过很多这样的家长，看了孩子分数，当场在路上打孩子。有一个我熟悉的家长，我问他："你孩子做作业，你在干吗？"家长说，打麻将。我说："那你没有资格问你孩子分数。"我们做家长的，不是仅仅看孩子分数结果，而是要看自己参与孩子成长的过程。我常常对我身边的人说，我以后，写一本书，叫《如何做一个优秀家长》。我在学校工作那么多年，太有想法了。

今天中午，我送安安去学围棋。出门的时候，我说："安安，你把垃圾带下去。"安安说："你自己不带，叫我带。"我说："爸爸抱着书呢，你也可以带呀，爸爸还天天烧饭给你吃呢。"安安说："是我帮你吃呢，煎椒牛柳、焖排骨，还帮你背诗，一天一首。"我说："那你可以不吃，可以不背的。"我们互相打趣。他懂的东西，比我想象的要多。他说项羽是个悲壮的英雄。我说，为什么这样说。他说，项羽无颜见江东父老，乌江自刎时，"无颜"就说明他不厚颜无耻，有自尊心，假如跟韩信一样，忍胯下之辱，他回到江东，说不定刘邦定不了天下。他说，江东自古多才俊，可以很快打回来。我说，刘邦会用人，项羽不善于用人，关键时刻没主见，这是项羽失败的根本原因。安安说，刘邦把萧何用得好，萧何月下追韩信，不放过人才。我问："你这些是从哪里知道的？"他虚岁才十一，比我十八岁时懂得还多。

我很少会催促孩子起床。孩子贪睡，是好事。每天，早早地，孩子起床了，尤其冬天，天还是黑咕隆咚的。孩子起床，吃早餐，坐车，到学校，中午在托管老师那儿吃一餐，晚上有时候还学英语、围棋。孩子的睡觉时间，还是比较缺乏。我们一代代的人，都是从小受苦。我们这一代，缺衣少食，边读书、边干农活，饭都吃不饱，饿着读书，走十几里路去学校。到了我们子女这一代，学习压力特别大，学习竞争性很强，一天的时间，都是在课桌上度过的，作业繁重，他们从小活得累。谁都无奈。做父母的，很难，做一个学生，更难。我们能做的，只是默默陪伴。我们作为父母，只是为孩子点灯的人。

随时为你开门

　　孩子早上去上学时，我还在迷迷糊糊地睡。我听到孩子穿衣、收拾书包、洗漱、开灯关灯、开门关门的响动声。孩子入小学之前，我做好早餐后一份份分好，摆上桌，等孩子吃。孩子读小学之后，家里不再做早餐了。我几次对聪聪说："爸爸给你做早餐，你想吃什么都可以。"聪聪说："你做好了，我也没时间吃，我只能边走边吃，吃馒头。"我有些心疼。安安喜欢吃小笼包、灯盏粿、烧卖，当然，他最喜欢吃的，还是稀饭。咸鸭蛋下稀饭，他吃得特别开心。

　　我每一天的时间安排，几乎是不变的，除了出远门的情况下。早起喝温水，洗漱，吃早餐，买菜，洗菜，写作，烧饭，一上午就结束了。菜场在小区围墙外，我走路去，用不了两分钟。我提一个竹篮子，一个摊子一个摊子地看过去。我是一个粗心人，对很多事情不上心，或者不在意（工作之外），我唯一花心思对待的事，可能是买菜了。买菜时我有原则：不买反季节菜、不买转基因菜、不买饲料肉、不买野生保护动物。选食材花时间。菜场有一个小店，店主是一个女老板，我去买调味品时，她每次都翘起三角形的嘴，露出里面的兔牙，盯着我的竹篮子，问："你菜哪里买的？羞嫩羞嫩，看起来就好吃。"我笑着说："你看看你儿子，把他打理干净，看我菜篮干吗。""小孩有什么可打理的，等下不就脏了。"她翻翻我菜篮，又说，"你这个菜篮好，在哪里买的？"待我回家洗好菜，切好，把饭焖下锅，便开始写作。想写的东西，我一般边买菜边想，洗菜、切菜时理顺思路。到了十一点半，我打开电视，看央视九套的纪录片，到十二点整，开始烧菜。聪聪回家，我正好把菜烧好。我坐在沙发上，听到她球鞋踏在台阶上的脚步声，噗，噗，噗，一脚一脚踏上来，我打开门，见她穿着松松垮垮、蓝白相间的校服，说："菜正好上桌，可以吃饭了。"她洗漱一下，盛饭吃。我每餐都会烧她爱吃的菜。她爱吃炒菜、红烧菜，爱喝砂钵煲骨头汤。给她做饭辣椒要切丝，蒜苗要切短，姜蒜要切细，菜上锅前，要放一小勺糖。青菜要烧一个，尽管她不爱吃，但她还是会吃几筷子。炖菜，她不爱吃，比如炖排骨。我说："炖菜有营养，把骨髓全炖出来了，味道鲜美。"她反问我："我会缺乏营养吗？"我讪笑。她又说："不好吃再营养也没用，所以，不如吃好吃的。"我继续讪笑。

吃了饭，我说："聪聪，你喝杯温水，休息一会儿，到一点十分，爸爸叫醒你。"她看了一会儿平板电脑，靠着床沿睡着了。有可以睡觉的间隙，睡一会儿也好，哪怕是十分钟。

女儿出了门。我边看电视边休息。然后，接着上午没写完的，继续写。写完了，上网看新闻，或继续看纪录片。有几个纪录片，我看好几次了，每次看，都看得十分入迷。《非洲》《地球脉动》《野性的终结》《星球》，都是我爱看的。没有好看的纪录片，我就看一些杂七杂八的书，绘画史、美术史、自然笔记、朋友的作品集、《现代汉语词典》之类的都看，但看几十页后，再好也不接下去看了，我想慢慢看，隔一段时间再看。我也看自己的散文集，像读别人写的书一样，很认真，逐字逐句。但看自己写的书，会觉得很陌生，感觉像是另外一个人写的。看到动人之处，会想，怎么知道这样写呢，写那么好，看到写得不好的地方便埋怨自己，当时脑子怎么那么短路呢。恍恍惚惚地，一个下午，便过去了。

到了下午五点，我开始焖饭、切菜、烧菜。五点五十分，骢骢回家。她书包的金属扣链，在楼道里，叮叮当当。她的脚步声比中午重多了，嗒，嗒，嗒。楼道里，有了回声。我打开门，叫一声："女儿，放学了吧。书包拿过来，爸爸放，你去吃饭吧。"她在桌边扫一眼，不作声，然后去洗手。"不作声"，代表满意。吃的时候，她会说，怎么羊肉这么咸呀，芹菜没有蒜苗作佐料香。我说，今天换了一种酱油。成家至今，我家里不买味精、鸡精之类的调味品，只买酱油。其他调味品是食盐、白糖，还有用植物研磨的调味品。我自己买来胡椒、陈皮等，磨成粉末，装在玻璃罐里。我家也几乎不吃色拉油、金龙鱼油之类的，一般吃山茶油，直接去农村油榨作坊买。

大部分时间，是我和骢骢两个人在家吃饭。安安星期三晚上、星期四晚上、星期六中午，在家吃饭。他在托管老师那儿吃午餐，晚餐吃街上的面食或去喜欢的餐馆吃饭。他上了几个科目的课外辅导课，晚上到家一般九点半。无论我是坐在客厅，还是书房，我都能听到他在家门前的小道上，叽叽喳喳的说话声。他是一个没有秘密的人。他还没有到有秘密的年龄，到了有秘密的年龄，他就不会叽叽喳喳了。他爱和他妈妈说话，什么话都说。铁门当啷一声，开了。他稚稚地吼两声："哈。哈。"楼道声控灯亮了。嗵，嗵，嗵，他跑上楼来。我打开门，说："安安，今天是不是玩得很开心呀。"他每天都是开心的，即使有不开心，一会儿风一吹，便没了。大多数时候他听他妈妈的话，也有不听话的时候，生气，鼓胀着脸，眼里噙着泪水，一言不发。他妈妈的脸被气成了猪肝色。我说："有什么事值得这么生气呢，看一会儿电视吧，《熊出没》还在播呢！"我把遥控器递给他。电视屏幕不断地变化，熊大出来了。安安从不争吃，也不争穿。他爱打羽毛球，每天放学，要打一个小时羽毛球。我去接他放学，会在学校旁的店门口坐等，看见操场没什么人再进去接他。他却说："你再去坐十分钟，一会儿我自己出来。"

　　我家住三楼。我选房子，几乎不选电梯房。即使有电梯房，我也住低的楼层。我不想坐电梯。电梯给我牢笼的错觉。每次，等孩子回家，听见他们的脚步声，我觉得心里有阳光照了进来。我给聪聪开门，她有时会问："爸爸，中午你怎么想起烧尖椒牛柳了？"她嘴角露出一丝笑容。她鼻子很厉害，嗅觉灵敏，她在一楼便嗅出我烧什么菜。我从贵州带回来烟熏肉，用开水泡了几十分钟，再切丝，炒酸菜豆干。我站在门口等她进门，她说："爸爸，怎么有烟熏肉的味道？这个味道不好，有些焦了。"我说："贵州烟熏肉、凯里酸汤鱼，都是名吃，我带不了酸汤鱼，烟熏肉肯定要带给你吃。"她说："我觉得这没什么好吃的，不是柴火味的烟熏，我不吃。"我发傻似的站在门口，把她书包取下来，又去给她做了一个辣椒丝炒蛋。

　　从五年前开始，我已不怎么应酬了。无谓的人，我已经不交往。无谓的事，我已经不做。爱一个人，在爱的时候，呵护好，不爱的时候，心里珍藏着。时间是珍贵的，精力是珍贵的。我们要爱的人太多，需要心疼的人太多，够忙乎了。我越来越不善于表达。我是一个没有憎恨心的人，这是我对这个世界的理解，因为很多事物不值得憎恨，也没有能力去憎恨。

　　每一天，我最快乐的时光，是给自己的小孩开门，看见他们的笑脸。即使外出，我也会想着早日回家，给孩子烧饭、开门，看他们吃饭、洗脸、读书、入睡。午餐，我几乎不外出应酬，即使外出，我也会把饭烧好，我常常觉得，烧好孩子的饭，站在门口迎他们进门，是一件非常重要的事。对孩子而言，有一扇随时有人迎接自己的家门，是一件多么幸福的事。

　　门是美好的怀抱。

睡前读首诗

　　聪聪在小学阶段时，我有些懊悔没有另外安排她读诗。她学钢琴四年，到了八级，也没学了。她说，她想玩，到了初中没时间玩了。我说："可以。想去哪里玩，你告诉妈妈，叫妈妈陪你去。"她说："还是想去有海的地方。"我说："你去了很多有海的地方，可以去古城玩玩，苏州还是不错的，假如觉得苏州好，你以后可以去苏州定居。"在苏州玩了一圈回来，聪聪却对苏州的印象不好，觉得那里的菜也不好吃。我说："苏州有很多园林，自古就出艺术大师，在历史上，出了很多大师级的画家、书法家，苏绣、昆曲也都是非物质文化遗产，园林是古典美学的精华。苏州怎么会不好呢？"聪聪说："不喜欢就是不好。"我说："你妈妈带你去的好玩的地方，爸爸还没去过呢。"

　　从三年级下学期开始，我安排安安读古诗，每天睡前读一首。他妈妈反对，说："孩子这么小，怎么读得懂古诗呢？"我说："读古诗和理解古诗，是两回事，多读读古诗，太有好处了。"他妈妈问："有什么好处呢？"我说："好处太多了，读多了，奥妙会慢慢领悟出来，不读，永远不知道古诗的奥妙。"

　　在我学生时代，我花了很多时间背诗。初中阶段，我的语文并不出色，语文老师一年换一个，没一个老师喜欢我，当然，也没一个老师讨厌我。初二语文老师徐渭清是全国特级老师，对学生非常严厉，我们惧怕他，顺带的，也不爱学语文了。我那时候就觉得，一个好老师，温和的性格和渊博的知识一样重要。到了师范学校，教我《文选和写作》和《语文基础知识》两门科目的，是皮晓瑶老师。她参加工作时间不长，但温文尔雅，普通话也讲得好，讲话时曼声慢调，我们班上的同学，都喜欢她上课。当时，我觉得自己太无知，必须从头开始学语文。我列了一个四年计划，分唐宋诗、宋词、欧美诗歌、俄罗斯诗歌、现当代诗歌、《诗经》、《楚辞》，每天背，早上背一首，晚上睡前背一首，不分节假日，坚持了两年，还没背完，我已经毕业了。参加工作时，我被分配到我家乡郑坊镇西山中学教书，那是一个僻远的乡村学校，我在那里接着背诗，又坚持了一年半。师范四年中，当代诗歌，我所能买到的书有限，又没钱，就从刊物找。我从《诗刊》《人民文学》《诗歌报》《诗神》《星星诗刊》等报刊抄写自己认为好的诗歌，并誊写在笔记本上，早晚背诵。我还以小论文的形式写读诗笔记，八百字一篇。我投稿给《赣东北报》副刊，编辑发表了一篇我的文章，发第二篇的时候，编辑打电话到我所在的师范学校，请我去报社。我到了报社，编辑说："这个小论文是你自己写的？"我说："是呀，写了很多呢。"我把软皮抄翻开，给编辑看。编辑姓吴，叫吴晓明。他说："你一个学生怎么写得这么好？这些不像学生写的。"我说："我还在别的报纸发过整版副刊小说，打破办报以来整版刊发单人单篇小说的记录。"吴编辑说："好好坚持，以后多来稿。"

　　背了多少诗歌，我不知道。我现在也几乎不记得那些诗了，早还给了诗人自己。但我每次写稿子时，诗歌中的那些东西会像泉水一样，流淌出来。或许，这就是诗歌带给我的灵感，浸透了我血液。

　　中国人，多读古诗是必需的。我们的美学，大部分来自古典诗歌。无论是文学、音乐、戏曲、美术书法、手工艺术，还是民间物件、陶瓷、筑舍、建城，都深深烙着古典诗歌的印记。我们每一天的生活都离不开古典诗歌。我们的政治学、文化学的内容也有很多是直接从古典诗歌中移植过来的。汉语言，不仅仅是交流工具，还是美学、思想、时代的载体。要学好汉语言，读、写、思，是三条必须走的路。读是前提和基础。我是这样想的，训练自己语感的敏感性，是学好汉语言的关键。而读古诗，则是训练自己语感的有效方法。

给安安读哪些古诗呢？我去书店，转了半天，选了一本《千家诗》。我先看一遍，把不必背的，以"×"号做个记号。《千家诗》有比较详细的注解，孩子可以自己看，看两遍注解再读，读熟了，自然能背。先绝句，再律诗，从简至繁，从易至难。我还给安安配了一本《现代汉语词典》，不认识的字，他可以查字典。第一个月，安安读得很艰难，背一首诗，差不多要四十多分钟。他看完了注解，便大声读诗。诗最好不要默读，要大声读，也不能快读，要把诗的音律节奏读出来，像喝茶一样，啜饮。他读诗的时候，我把电视关掉，坐在孩子身边，听。

《千家诗》背了一年，背得差不多了。我又去新华书店找书。适合孩子读的古诗选本很多，但我还是选了《唐诗三百首》。我读一遍，把不需背的篇目打"×"号。叶嘉莹老师单独给中小学生选编了《给孩子的古诗词》，选本非常好，可惜没注解，不适合小学生背诵。《唐诗三百首》有注解，注解翔实，言简意赅。这本书，安安也差不多背了一年。我又买了《杜甫诗选》。杜甫是我十分喜爱的诗人。我也读，和孩子一起读。安安按照我标出来的篇目，逐一背。《杜甫诗选》背完了，我选了一本《唐宋好诗词365首》。这个选本非常好，尽管里面的诗歌和《千家诗》《唐诗三百首》有很多重复，但增加了词和长诗、叙事诗，读和背的难度比较大。我选难度大的诗词，给孩子先背，如《春江花月夜》《长恨歌》《琵琶行》。难度大的诗词，读顺畅，要花七八个晚上；读顺畅了，再背，差不多得半个月。有时候，孩子玩得比较累，我也不要求他额外读诗。孩子体力有限，疲倦的时候背诗，没效果。

现在他背一首绝句，一般在十五分钟以内。他还是会给我惊喜。他知道以比较的方法读诗，相同类别的诗歌，他对照起来看，还能谈自己的很多看法。我知道，他现在背的诗歌，大多属于强记，没有在心里扎根，也很快会忘记，但又有什么关系呢？古诗给人的滋养，是心灵的滋养，和阳光雨露是一样的。我们不能说，要把阳光搬回家，晒在客厅里，晒在床铺上，但晒了阳光，我们暖和了，身心舒服了。心灵滋养是比掌握知识更重要的，给人内心广阔的空间。

我是一个傻父亲。我不会安排孩子前程，不会计划孩子未来，孩子是一只鸟，有他自己的翅膀和天空。

到了初中，我想，安安可以看一些国外诗歌，如泰戈尔、纪伯伦、艾米莉·狄金森等人的作品，还可以看长篇小说，如《三国演义》《红楼梦》，可以看莫泊桑、爱伦·坡、契诃夫、都德……当然，这都是我一厢情愿的想法。这些都是建立在学业完成好了的前提下。

我现在还有先读书再睡觉的习惯，床上、桌子上，都是书，随手可摸来读。这个习惯已经养成三十年了。我读的书，以诗歌和外国笔记为主，尤爱诗歌。安安也会读几页书再睡，他读杂七杂八的书，动漫、手绘本、探险故事、历史故事、地理文化类图书，我也懒得问，重要的是，他会读首诗再睡——没有什么比这个习惯，更让我开心的了。

和安安一起读杜甫

　　去年，安安把一本《千家诗》背完了，我又买来《唐宋好诗词365首》，交给他背。那时临近寒假，他也没时间读。过年回乡下，我把《唐宋好诗词365首》夹进旅行袋，对安安说："在奶奶家，一天两首诗是要背的，别玩得什么都忘记了。"安安嘴上答应得很是爽快。在乡下，安安的玩伴很多，他的小侄女、小侄儿，和他一起骑自行车，在稻田里烧干锅、过家家，打羽毛球，打陀螺，我看他玩得那么开心，整天玩得满头大汗，我也不再催促他背诗。正月初六回到市里，我把东西整理出来，却没看到《唐宋好诗词365首》，我问妻子蔡虹："安安的书放哪儿了？"蔡虹说："不是还放在纸袋吗？"我说："那你找出来。"她找了找，也没有找到。我说："是不是忘记拿了？"她说："所有带的东西都带回来了，整理东西回来时也没看到呀。"我说："我明天去书店再买一本吧。"第二天，我去书店，《唐宋好诗词365首》也找不到了。我请服务员看看存档，还有没有。服务员查了查，说："书店一共进了三本，全卖完了。"我又到书柜，找叶嘉莹的《给孩子的古诗词》。叶嘉莹是我敬重的大师，选她的书给孩子读，是不会错的。我翻翻《给孩子的古诗词》，选的诗词面广，音律优美，可注解不够精细，孩子读起来很累。

　　到了家里，我跟蔡虹说："你去网购一本《唐宋好诗词365首》，书店没货了。"我正读《杜甫诗选》，读了将近一个星期了。《杜甫诗选》

是我去年十月份从书店买的，一起买的，还有西班牙诗人聂鲁达的《我承认我历尽了沧桑》，蒋勋的《写给大家的西方美术史》，英国冒险家、博物学家托尼·赖斯的《发现之旅》。聂鲁达的《我承认我历尽了沧桑》是第五次买了，第一次是学生时代，读了便放不下。有很多书，我都重复买，有的买了七八次，这些书是让·雅克·卢梭的《一个孤独漫步者的遐想》《忏悔录》，狄金森的《孤独是迷人的》，川端康成的《雪国》《伊豆的舞女》，沈从文的《边城》，施托姆的《茵梦湖》，屠格涅夫的《猎人笔记》。这些书是我特别喜爱的，喜爱的东西不能独享，也分寄给爱读书的友人。古诗词在我读书期间和参加工作初期，下功夫读过三年，成系统地读，尤爱《古诗十九首》和李商隐的诗。年轻的时候，这些诗，我即口可咏。早晚各背一首诗词，我背了整整三年，除夕夜也不落下。现在我似乎得了"中年痴呆症"，《静夜思》都背不完整，可见人的记忆力比身体衰老得更快。

2012 年，我去了一次四川，看了杜甫草堂，心里似有惊雷震动。一个诗人，饿得没米下锅，吃野菜，还写"国破山河在，城春草木深"这样的诗句，这是一个什么样的诗人。以我的知识储备，给不了答案。陆游写《示儿》："死去元知万事空，但悲不见九州同。王师北定中原日，家祭无忘告乃翁。"个人认为，在境界上，陆游是远不如杜甫的。我看杜甫的画像，有两种，一幅是天庭饱满、仪表俊雅、面容和儒，另一幅是面部嶙峋，饥老粗粝。我都觉得不精确，在我的想象里，他的面容应该是皲裂而慈悲，雍容而笃定，身材魁梧刚劲。他和战争时代马的形象，是有相同写意的。

网购的《唐宋好诗词365首》没这么快到，那就先背杜甫的诗。先背哪首呢？我翻翻目录，对安安说，背《秋兴八首》吧。这是杜甫居夔州，感秋起故国之思，于大历元年（766 年）写的八首七律连章，是杜甫的代表作，也是艺术巅峰之作。但有许多词语有出典，孩子背诵不容易。第二天，我出门旅行了，回到家，已是十天之后，回家那天正是星期六，春阳高照。安安说："爸爸，我们去打羽毛球吧。"我把《杜甫诗选》拿过来，说："把《秋兴八首》给我背一遍，再去打羽毛球。"他站在我面前，一句话也不说，憋红了脸。我说："背呀。""昆吾御宿自逶迤，紫阁峰阴入渼陂。香稻啄余鹦鹉粒，碧梧栖老凤凰枝。佳人拾翠春相问，仙侣同舟晚更移。彩笔昔曾干气象，白头吟望苦低垂。"他结结巴巴地背了第八首。我说："还有几首呢？""我忘了。"安安说。我说："打陀螺有没有忘记呢？背一首还是这么结结巴巴，你这几天到底在玩什么？拿去背。"

他背书去了。我在写字。我一篇短文写完了，他还没背出一首。我叫："安安，安安。"他拿着书来了，说："背不下来。"我说："怎么了呢，前几天妈妈没叫你背吗？"他说："背了，当时背得来，现在背不来。"我说："都一个上午了，一首诗都背不出，那怎么行呢？"背《千家诗》的时候，他一般都是十分钟以内解决，再难背的诗，也要不了半小时。我把《杜甫诗选》拿过来，说："杜甫是唐代最伟大的现实主义诗人，被称为'诗圣'，'圣'是什么？是我们对所推崇伟大人物的尊称。被称为'诗圣'的，也只有杜甫配得上，李白被称为'诗仙'，他们生活在同一个时代，也是历史上最伟大的盛唐时代，并称'大李杜'，他们是盛唐转向颓微中唐的见证人和记录者。读杜甫的诗，必读《秋兴八首》，这是杜甫在安史之乱后，身心难定，思念故国都城写的。读古诗不读《秋兴八首》，不能算读过了古诗。这样，我教你背，你一会儿就会了。"我把书翻到283页，大声地读："玉露凋伤枫树林，巫山巫峡气萧森。江间波浪兼天涌，塞上风云接地阴。丛菊两开他日泪，孤舟一系故园心。寒衣处处催刀尺，白帝城高急暮砧。"我读了一遍，说："安安，你也跟着我读，大声读，反反复复读，一直读到词语的音乐性出来，读诗的味道便出来了。"

"玉露凋伤枫树林……"安安回环往复地读。安安越读，声音越大，童声脆脆的，像噼噼啪啪的雨滴打在窗台上一样。只用了半个小时，安安便把前面三首，开口即咏了。我说："不错，你去看电视，我去烧饭，中午犒劳你，给你做好吃的。"安安说："要犒劳我的话，你不要烧饭，买便当给我吃，你烧的饭实在难吃。"

我和安安打了一个小时羽毛球，我便说："接下来干什么知道吗？""知道。"安安说。回到屋里，他便在沙发上读《秋兴八首》。我说："站起来读，这样更专注。"傍晚，我带他去街上。我说："我们走路去，走路可以热身，也可以锻炼身体。"安安边走路边背《秋兴八首》，到了广场，正好背完。广场的紫玉兰全开了，白白紫紫，一团一团，滚球一样堆在光光的枝条上。紫玉兰夹杂在樟树林、竹林里，春阳粉黄。安安说："好多花开了。"我说："那是紫玉兰，白玉兰再过几天开，紫玉兰的花期比白玉兰早半个月，都是在节气春分和雨水之间开的花。紫玉兰躲在树林里，你怎么发现了呢？它开得好隐蔽。"安安说："我远远就看见了。"我说："那很好，发现树上的花，比发现路上的钱重要。"

到了晚上，我问蔡虹："《秋兴八首》是不是叫安安背了？"她说："每天睡前，他都背给我听。"我说："那你听了吗？"蔡虹说："我都认真听了。"我说："你是不是一边看手机上的电视剧，一边听的呢？"蔡虹说："没有呀，怎么啦？"

用了一个晚上的时间，我用笔在《杜甫诗选》的目录部分，勾画了符号，交给安安，对他说："以我勾画的顺序，去背《杜甫诗选》，有的诗比较长，也深奥，我不要求你背，但熟读是必须的，必须熟读是因为这些诗很重要。""知道了。"安安说完又去看电视了。后来，我们聊到了择偶标准。我问安安："你以后娶媳妇，是要漂亮的，还是选有才华的？""我选对我好的。"安安说，"假如能对我好，又漂亮，又有钱，是最好的。"我说："要找对你好的，性格温和的人当媳妇，其他都是其次的。""你就喜欢啰唆，走开，别影响我看电视。"他靠在沙发上，一副懒得搭理我的样子。

　　安安还喜欢看一些其他类型的书。家里的漫画书，堆得没地方放。去年去乡下过年，我整理了三个纸箱的漫画书，送给老家的孩子看。他看穿越小说，看玄幻小说，看得很认真。前年，他迷上了《××寻宝记》系列丛书，每个省都有一本单独的寻宝记，彩图本，他也几乎看完了。去年又出了《××寻宝记》，国外的，他又买来看，一大摞。昨天我带他去琴行，在路上，他说："福尔摩斯真聪明，再难的案子也难不倒他。"我说："他为什么聪明？""因为他很博学。"安安说。"福尔摩斯是有真人的吗？"安安又问。我说："福尔摩斯是英国小说家阿瑟·柯南道尔塑造的侦探形象，是小说中的人物，但现实生活中，还有比他更聪明的人，知识使人博学。"安安说："《福尔摩斯探案集》好看，我要把它看完。"我说："还有比《福尔摩斯探案集》更有意思的书，那是19世纪美国诗人、小说家埃德加·爱伦·坡的小说，他的小说以神秘和恐怖闻名于世，是推理小说和世界科幻小说的始祖，他是第一个尝试完全依赖写作谋生的知名美国作家，但这也导致了他贫困潦倒。不过埃德加·爱伦·坡的小说，你再过两年看，会更能品出书中的味道。"

　　"是不是有很多作家，都很贫穷？"安安说。前两天，安安背杜甫的《述怀》，对我说："杜甫那么伟大的诗人，怎么一生那么悲惨？"我说："你怎么有这个想法呢？"安安说："沉思欢会处，恐作穷独叟。""穷独叟"就是又穷又孤独的老头。他担心老了，会孤老。我说："战争会使国家兵荒马乱，使人民陷入贫困和疾病的境地，你看看杜甫临终写的《风疾舟中伏枕书怀三十六韵奉呈湖南亲友》，他趴在枕头上写下了'家事丹砂诀，无成涕作霖'。"

　　网购的《唐宋好诗词365首》过了十几天，才到。蔡虹把它摆在我案头上。我说："先背《杜甫诗选》吧，安安能看懂。"懂，当然是指诗面上的东西能够了解。要读懂杜甫，哪那么容易呢。有很多东西，我都还不懂。我也要慢慢看，慢慢懂。一个伟大的诗人，在乱世，依然有一颗伟大的心，即使自己衣食无着，疾病缠身，妻儿多年无音讯，还写："正是江南好风景，落花时节又逢君。"（《江南逢李龟年》）还要写："此曲只应天上有，人间能得几回闻。"（《赠花卿》）"白日放歌须纵酒，青春作伴好还乡。"（《闻官军收河南河北》）"黄四娘家花满蹊，千朵万朵压枝低。"（《江畔独步寻花》）"好雨知时节，当春乃发生。随风潜入夜，润物细无声。"（《春夜喜雨》）"喜心翻倒极，呜咽泪沾巾。"（《自京窜至凤翔喜达行在所》）

　　杜甫，怎么能不读呢？

一　天

我正一边喝蜂蜜水一边看书，听到客厅里陀螺吱吱吱吱旋转的声音，我叫了一句："安安，喝水了吗？"我每天早起，第一件事是烧水，喝满满一大水杯的温水。然后，我边喝水边看书，或靠在床上，静静地想一会儿事情，我很享受这半个小时。早起不喝水，我一整天都很难受，身体会有一种极度干旱感。安安起床则玩陀螺，或看动画片。他满两周岁的时候，喜欢看《米奇妙妙屋》，每天看两集。我打开电脑，给他放动画片看。有一次，不知是受了什么委屈，安安哭得猫一样地蜷缩起身子，我抱着他，哄他。他哽咽地说，想看《米奇妙妙屋》。我说，好，看米奇可不能流眼泪，米奇多开心，每一天都是开心和美妙的。安安挣脱了我的手，自己去开了电脑，把《米奇妙妙屋》打开。这是他第一次开电脑，自己找动画片看。我十分惊讶，他还不识字，也不识拼音，幼儿园才上了几个月。他肉乎乎的手指，在键盘上，一个格一个格地找。作为奖励，我允许他多看了一集。

今天是星期六，我领着安安去学习围棋。出门，我问安安："早餐吃什么呢？""小笼包子。"他说。我说："好的，你决定去哪家吃。"安安十岁了，学围棋也有半年了。有时在家里，我陪他下围棋，他赢了就说："老兄，你真没用。"我说："让你赢是逗你高兴。"他说："没用还找理由，不过，这个理由很好。"他输了，就会说："老兄一点风度也没有。"我拉着安安，穿过小区小菜场，到庆丰路打车。我对安安说："我们先去白鸥园的家，再去棋院。"庆丰路到市区的起始点，在白鸥园。我在白鸥园住了十三年。上了车，我抱安安靠在我怀里。他晕车，每次坐车，哪怕只有几百米，于他而言，都是痛苦的折磨，他先开车窗，然后捂住鼻子，身子往车沙发软塌塌地靠着，一句话也不想说。白鸥园有很多三轮车，以前上学，他都坐三轮车，那些车夫跟他很熟，知道他爱去哪儿玩，爱去哪个餐馆吃饭，几点钟放学。住凤凰大道之后，三轮车没了，上学放学只能打车。我可以想象，每一次出门或回家，这十几分钟的路途，他是多么的痛苦和难受。白鸥园的房子在六楼。一楼楼道口，那个矮胖的大姐正在卖烤火腿肠。我给了她一支烟。她说："不抽了，已经戒了半年多。"我说："你怎么戒烟了呢？"她说："高血压几年了，不能抽了。"我住白鸥园之前，她就在楼道口卖烤火腿肠了，一个煤气灶烤箱，烤板上整整齐齐地摆着插了竹签的火腿肠和一罐番茄酱、一罐辣酱。没生意时，她坐在塑料凳子上玩手机或抽烟。她长得矮胖，脸上有很多麻子。她的老公中午会送饭来，没送饭来的话，她就啃两个馒头。她好几次对我说："你要说说你老婆，用钱太厉害了。"我笑笑。她又说："你小孩也用钱厉害，我挣的钱，不够你小孩去游乐园。"我笑笑。她好几次，算她的收入给我听，一根火腿肠挣三毛钱，最好的日子，比如大的节假日，一天卖两百来根，平时才卖八十来根，还要天天坐在楼道口，早出晚归的。她是个乐观的人，说："能摇到廉租房就好了，什么都安心了。"她摇了好几年，终于摇到了一套五十多平方米的廉租房，又查出高血压。"两个孩子长大了，一个在工地里学监理，一个在宾馆里做保安，有收入了，钱由他们自己存着，将来的事情由他们自己管。"她笑呵呵地说，手抱在自己的膝盖上。

我们说话的间隙，安安咚咚咚跑上楼去了。到家后，我整理了十几分钟书房。书桌上、架子上、地上，都是书，每次去，都要整理一次，分类，排序，码一遍。房子因无人居住，到处都是灰尘，有一股霉味。我叫安安："我们走吧。"他还在房间里，手上拿着什么，低着头。他一个侧身，跑出门，咚咚咚地跑下楼。我叫："安安，安安。"他也不应答我。每次出门，都是我走前面，他跟着我，拉着我的手。我快速下楼去，拉着他的手，问他："是想妈妈了吗？"他说不是。他眼睛红红的，用手揩着眼。我说："那是为什么？"他说："我们回白鸥园住吧。我想回来住。"我抱着他肩膀，说："我也想回来住，但暂时不会。"安安说："这里很多玩具，我可以一直玩玩具。"我说："你现在也有很多玩具呀，前天爸爸整理你的玩具，有三箱呢，爸爸都整理了半天。勇敢一些，男孩子不能轻易流眼泪，以后，你还要去很远的地方，一个人去读书，一个人去生活，可能还要出国呢。"他说："那我带你去吃小笼包子。"

我们拐过八角塘菜场，到了相府路。棋院在相府路。相府路与步行街交接口有两排小吃摊。做小笼包子的，是一对夫妇，我认识。我说："你们还在这里做呀，好几年了，看样子是挣到钱了。"这对夫妇是贵州人。男的嘿嘿地笑笑。女的说："是呀，安安还抱在手上的时候，你爱人就常来了。"时间过得真快，一晃十年了。

吃完小笼包，安安去了棋院，我去了新华书店。新华书店是我唯一常去的地方，不买书，转转也是快活的。在书架上，看到了自己的《南方的忧郁》，还有五本，上次来，有九本。年前，书店进了八百本，零售了六百本，剩下这些了。我问引导员："《饥饿的身体》有卖吗？"引导员二十出头，有些怯怯的，穿一件白色的围裙，说："有，我找找。"在一个书架里，露出三本。我把书拿出来，摆放在显眼的平桌上，对引导说："这样方便客人翻看。"引导员看看我，把柜子内的《饥饿的身体》抱了十本出来，一起摆放。我买了蒋勋的《写给大家的西方美术史》。近些年，除了外国的诗集，我很少买纯文学类书籍，喜欢看杂七杂八的书，也差不多有十五年不看当下的小说了。每次从新华书店出来，我都觉得人十分的渺小，渺小到不如一个汉字大。满屋子的图书，有多少人写了一辈子，进不了书架，又有多少人的书，进了书架，又成了废纸被卖掉，更多的人在书架上永远地消失。写好书的人，可能有怪癖，可能猖狂，但不会轻薄，他知道，他的面前始终坐着伟大的灵魂。前些天，我和同学徐勇说，我从十八岁开始写文字，证明了两件事，一是用十年时间证明自己写不来诗歌，二是用十年时间证明自己的散文只能如此了。写文字，不仅仅是发掘的过程，还是证明自己生命的过程，可能结果令自己十分沮丧，淘汰别人，还淘汰自己。写文字和生命是一样的，以减法的方式进行。明明知道自己的结果可能令人十分沮丧，但还是日夜不分地写，这是执拗和偏执，更是热爱。长期写作的人，很多都是偏执的人。热爱一个事物，是不会关心结果的，热爱的过程最美好。

　　上午十点，我去接安安，教室里还在下棋。走廊里，坐了两个女的，三十来岁。我坐在她俩中间的空凳子上。右边的女人估计在玩微信，不时咯咯咯地轻笑。左边的女人在手机上快速地阅读小说。安安出来了，我摸摸他的头，问他："中午去吃牛排吗？"每个月，安安和聪聪都要去马克西姆西餐厅吃牛排或羊排，有时一个星期一次，有时半个月一次。我没去吃过，我不太喜欢吃这些东西。安安说："回家吃饭吧，家里还有红萝卜。"他喜欢吃红萝卜、萝卜丁、花菜、藕、口条，尤其喜欢面条。每次，我烧菜给他吃，问他味道怎么样，他都说难吃死了。聪聪不一样，只要是肉食，新鲜烧的，都埋头猛吃。

　　我烧饭的时候，安安在玩陀螺。在所有的玩具中，他可能最爱陀螺了，从四岁开始，一直玩到现在，去公园，也把玩具箱带上，像个电工。我曾几次问他长大了想干什么，他说要去读上海音乐学院。最近一次问他，他说去不了音乐学院就做工人。我说做工人好，工人制造的东西都是生活需要的东西。他就说做工人就能很快退休，可以玩了。他反问我："那你希望我做什么呢？""我希望你做外交官，任何时代，外交都是国家最重要的工作之一。"他说："做外交工作，年薪有一亿吗？"我说："哪有年薪一亿的国家公务员呢？没有的，再说，工作不能完全以年薪多少去作为主要选择标准，人需要钱，但也不能仅仅为了钱，还有很多东西比钱重要。"他"哦"了一声，继续玩陀螺。我又说："我希望的，和你想做的，是两回事，你选择你想做而又有意义的事情，就是最好的事情。"

　　下午，安安学吉他。把他送到琴房后，我上街了。溢洲商厦圆角路口，一个六十多岁的老太太，看看我，说："刷刷皮鞋吧。"我停下来，看看自己的鞋子，说："可以。"我坐在椅子上，说："你别刷得太认真，我马上又要走路的。"老太太头发有些斑白，穿藏青色棉袄，围了一件围裙。她说："脚当然是要走路的，鞋子干净，走路也清爽。"我说："大姐，你哪里人？听你口音是南乡的。"她答道："嗯，我是应家的，出来好几年了。"我问："那你老头子呢，他不和你一起出来刷皮鞋呀？"老太太挤出皮鞋油，刷在鞋面上，说："老头子拉一个三轮车卖水果，水果难卖，卖不出去的都烂在家里，这几天卖甘蔗了，铅山甘蔗。"她叹了口气说："儿子不争气，天天睡懒觉。"我说："你儿子干什么的，成家了吧？"她说："成家了，孙子读初中了，儿子开摩的，一天开不到三小时，哪挣得到钱呢。"我说："你一天至少刷二十双鞋子吧。""有二十双就好了，我是在餐馆洗碗的，下午有三个小时休息，我出来刷刷皮鞋，一般的话，刷五六双，现在穿皮鞋的人少，穿布鞋、球鞋的人多，上个星期，接连三天一双皮鞋都没刷到。"她抬头看看我，继续说："你是干什么的？"我说："我没事干，暂时无业。"她又看看我，说："不像。"刷好了皮鞋，我去电影院转了转，没有想看的电影。正在放映的片子都是捉妖或穿越之类的，我觉得没意思。我去步行街，一家一家地逛服装专卖店，想找一件大衣，也没看到如意的。我转到原单位，看看有没有信件，收了几份样刊、几张汇款单和几本文友寄来的书。到邮政把钱取了出来，数数，还不少呢。这时候，我接到电话，一个朋友打来的，说县里想请我去讲课。我说我过几天要出远门，讲不了。我是要出远门，今年常出远门，一个人，远游几天，去偏远之地。我也确实不想讲课，十几年了，很少讲。对一大群写博文的人，讲写散文，不免觉得自己滑稽——就像对跳广场舞的人，讲芭蕾一样。何况自己半瓶子油，也没什么可倒给别人的。

　　看看时间，下午四点了，老师来电话，说安安不上课了，想去他舅妈家玩。我说我马上到琴校。安安坐在沙发上流眼泪，说："不想上课了。"我说："可以，上一节课五十块钱，我找一家餐馆，你去洗碗，把五十块钱挣回来，再去舅妈家。"他不说话了。我说："学吉他是你自己感兴趣的，是你自己要求的，哪有做事半途而废的呢，半途而废的人什么事情也做不好。"安安说："我想和弟弟一起玩。"我说："今天不去舅妈家，明天去，放学了直接去舅妈家。""下课了，那我要去亿升电玩城玩。"他说。我说："可以。"他又去上课了。我坐在沙发上，想起安安六岁那年暑假，我带他去贵州玩，在黄果树穿过瀑布时，他紧紧地拉着我的手说："我害怕，我不看孙悟空水帘洞了。"瀑布湍急的水声和黑咕隆咚的洞内光线，确实使人惊惧。我拉着他，说："不怕的，这几天你都很勇敢，最后勇敢十分钟。"他自小就是贪玩的人，眼睛睁开就出门玩，玩得筋疲力尽才回家，到了半路上就睡着了。在水帘洞出口处，我去卫生间，交代他，跟着几个叔叔，别乱走。我从卫生间出来，不见他人，便叫"安安，安安"，也不见他应答。我找了两三分钟，看见他坐在台阶上喝饮料。我把他抱起来，什么也没说。我心里涌起酸酸的味道。我抱着他直到我手酸痛了，说："安安，给妈妈打一个电话。"

　　吉他课结束了，我说："安安，吃了晚饭再去亿升玩，可以多玩一会儿。"他说："可以，吃羊排。"我说："好，叫璁璁一起来吃，你打电话。"打了电话，安安说："璁璁不来，我们去食尚鲜吃，骨头肉烧得很好。"我说可以，叫他带路。到了食尚鲜，我说："你吃什么自己去跟阿姨说。"他点了四个菜，说："我要给妈妈打电话。"

到电玩城时，是晚上六点。他去兑换游戏币。我说："只能玩十块钱。"安安说："好，卡里还存有五十块钱的游戏币。"我坐在休息椅子上看书。我一篇小说没看完，他赢回一大把游戏币，说："我待会儿还要赢。"我知道，这些游戏币最终会进入游戏币箱子里，看看他开心的笑脸，我也笑了。他坐在游戏桌上，和四五大人在打游戏。我也看不懂，继续看书。他边打边笑，声音很大的。游戏也嘟嘟嘟地发出很多欢快的声音。看完了一本杂志，他坐在我身边，我说："是不是没游戏币了？"安安说："我可以叫阿姨给我几个币再玩玩。"他又去要游戏币了，拿回来一把。他连续要了两次，要第三次时，我看见他坐在售币员的柜台里，我走过去，说："安安还要打吗？"他说不打了。他在和阿姨聊天，说学校里的事。我问售币员，安安在这里至少买了三万块钱的游戏币。售币员说，哪有这么多，不过，他是金牌会员，这里的人都认识他。我说，他妈妈惯坏他了。我是第一次陪他来，怎么玩都不知道。我说："你这里用的钱还是少的，在他七岁前，银泰游乐园天天去。"我对安安说："去接聪聪吧，她快下课了。"

回家后，我开灯，烧水，泡午时茶，洗脸。安安上床睡了。他一个人蜷缩在被子里，似乎很委屈。我说："给妈妈打电话，好不好？"他坐起来，给他妈妈打电话，说了几句话，又开心起来。我说："要不要我陪你睡呢？"他说不要了，自己睡。我去书房看书，看止庵的《惜别》。看了两页书，听到安安叫我。我又去他床上，把他被子盖实。我躺下去，抱着他，没一会儿，他酣睡了。

我继续看书，却怎么也看不进去。窗外断断续续地打起雨滴，冷风入窗。冬天已经完全到来。一天完结，一年将尽。我估摸着，明天去乡下买一只羊来，犒劳一下这几张嘴巴。

拉车人，推车人

"爸爸，你不能那么大声说话。"中午，一般都是我和聪聪在家吃饭。我的任务就是给她烧饭。她吃完饭，一边整理书包，一边对我说。

"我对你大声说话了吗？我从没对你大声说过话。"我在剥葡萄，预备冰镇一下，用来消暑。我说："是不是我说话语气不好呀？"

"你总是对安安大声说话，他有什么事情，你应该把他叫到你身边，轻声地告诉他。"聪聪说。我说："对安安是严厉了一些，但也没责骂过他呀。"我又说，"你说的话，爸爸记住了，爸爸再也不对安安大声说话了。"

聪聪十五岁了，这是她第二次很正式地给我提意见。第一次提的意见是，安安有时候顽皮，爸爸要负责任，不能全由妈妈管，妈妈够辛苦了，爸爸也不能怪妈妈没管好安安。我也接受了。我便监督安安每天背古诗。这两年多，安安把《千家诗》《杜甫诗选》《唐宋好诗词365首》中大部分的诗背下来了。他是强记，也很容易忘记。我倒不是苛求安安一定要背下来，至少熟读。我一直觉得，学语文，学自己艰涩的母语，熟读古诗词，熟悉汉语的韵律，领悟汉语的语境，培育汉语的语感，都是非常有必要的。

安安就读的学校，离家比较远，也基本上都是他妈妈接送。他黏他妈妈。有时，我也去接。我接他，他便有些不耐烦，说："妈妈怎么没来。"我说："妈妈有事情，来不了，爸爸接你，你也应该开心呀。"安安便说："你去小店坐着等我，我还要打球呢。"我便等到学校要关大门了，再把他喊出来。我背着他重重的书包，拉着他的手，往路口走。路口是个斜坡，车来车往的，也摆些零食摊。他便买一盒牛奶，或者一盒灯盏粿。一路上，我们谈很多父子之间的话。我对他有很多期望，但我从来不说出口，因为我不能把自己对他的期望，强加给他。他应该有自己的选择。有一次，安安问我："人，为什么要读那么多书呢?"我告诉他，人和动物的区别最大之处在于，动物以本能求生，人不能仅仅靠本能求生，还需要知识，读书是获取知识的主要途径，人也可以不读书，靠力气干活，比如挑担、伐木、挖矿，但会生存得十分艰难。安安是个爱读书的人，喜欢看世界地理文化之类的书。他拿起书，靠在沙发上，看得十分投入，我怎么叫他，他也不应答。

八月底，安安的奥数课结束了。我去接他。他在亿升楼上，我找了好半天，也没找着。亿升有东西南北楼，我又没问清楚，具体在哪一栋。问了送水工，才知道他在南楼。我坐在楼道，看《花城》杂志。一个管理员过来，看我撂在椅子上的一大沓书，问我："你还看书?"我抬了一下头，笑了一下。他说："来接孩子的人，都玩微信之类的，你是第一个带书来看的人。"我又笑了一下。下课了，安安说："你去给老师交钱。"我问他为什么，安安说补课费还没交呢。我去了教室，老师正在收拾课本。我说："老师，我们还是第一次见面，这是我的问题。"老师说："平时都是安安妈妈来。"我说："安安学得怎么样?"老师说："安安都被老师宠着，他很聪明。老师们都说，教了好几届学生，都没遇上这么聪明的孩子。但他毛病也多，你在家这两年，改变很多了。"我说："勤奋是人最好的素质，聪明的孩子太多，拜托你也严管安安，我会配合学校的。"回到家，我在做饭，安安在看电视。他爱看电视，尤其爱看少儿节目，即使是幼儿节目，他也看得津津有味。我说："这样的电视节目你怎么也看，都是三岁以下幼儿看的。"他也懒得搭理我。

　　饭是最难烧的。家里四个人，都有不同的口味，便也烧各色样式的菜。早餐，在我家里，是几乎不烧饭的，烧不出来。因为四个人，要吃四份不同的早餐。上午买菜前，我征求孩子们的意见，每个人报出来的菜，没有相同的。安安和骢骢有同样喜欢的菜，是韭菜炒蛋、红烧鸽子。以前，他们喜欢的菜，是洋葱炒蛋、清蒸口条。再以前，是红烧新鲜黄鱼、水蒸蛋。七月份的一天，骢骢宣布，吃素食，不吃肉了。我正在烧饭，刚把红烧鸽子烧好，她拿起鸽子，慢慢啃。我说："你不是吃素食吗，怎么又吃肉了呢？"她说："今天吃了再说，明天再吃素食。"第二天，骢骢外公送了一只鸡来，我把鸡翅、鸡脖子、鸡腿红烧，鸡身煲汤，骢骢一个人干了一半。我又逗她："味道怎么样？"她说："外公难得送鸡来，我要多吃。"四月下旬开始，我便吃杂粮了。刘海燕是央视知名纪录片编导，她四月份来横峰，我陪她采风。我见她几日都不吃饭，问她为什么。她说自己已经有两年多没吃米饭，吃杂粮。我问吃杂粮感觉怎么样。她说了很多好处。我回到家，买来红豆、黑豆、花生米、薏米、葡萄干、红枣、粟米、莲子、桂圆、糯米、绿豆，配起来，储存在一个食品罐里，每天煮杂粮饭吃。第一餐吃，比吃糠还痛苦，我吃了半碗，便不吃了。吃不想吃的食物和做不想做的事同样别扭。但吃了三天，我便对米饭失去了兴趣。吃了一个月，我体重下降了八斤，精力也明显充沛了许多，新陈代谢也很顺畅。骢骢羡慕我，说："我也跟你吃杂粮。"我说："你还是孩子，体重很正常，需要好的营养，不能为了减轻体重，把营养也降了，该吃什么还是吃什么，身体健康第一，其他都是其次。"她说："那我到了开学再吃肉食。"她说的肉食，是指猪肉。每次去菜场，我也不去肉铺买猪肉，只买牛肉和鱼。吃了几天，她便乏味了，说："爸爸，还是猪肉好吃。"但她还是坚持不吃猪肉。我说："那我带你去吃羊排和牛排。"她每个月，都要去马克西姆西餐厅吃几次羊排。羊排，她从小就喜欢。没想到她却说，在青海玩了半个月，天天吃羊排，都吃腻了。

没外出远游的时候，我基本在家里，几乎不访友。有一次，我写东西，忘记烧饭了。我去饭厅，见饭菜都上桌了。三菜一汤，荤素搭配，品相不错。安安吃得有滋有味。我说："璁璁，是你烧的？"璁璁笑了，说："烧菜有什么难的。"我说："你跟谁学的？"她拿出平板电脑，说："烧什么菜，这里都有。"安安取笑我，说："爸爸，你烧的菜最难吃了，妈妈排第一，姐姐排第二，你排第三。"我说："排第四的人是谁呢？"安安说："没有排第四的。"我想，傅家有女初长成，小孩远比大人眼中的更成熟。

开学了，璁璁每天早上六点半起床，去学校，中午十二点一刻到家，下午一点二十分去学校，傍晚六点一刻到家，吃了饭，继续写作业。她是压力最大的一个人。她也是作息时间最有规律的一个人，也是生活习惯最好的一个人。她长这么大，我从没批评过她，也没责骂过她。她说什么，我都会答应。我没有理由不答应。安安会顽皮一些，但他永远不触犯底线。安安自小，有些多动，难以克制自己，上课也走来走去，让老师束手无策，哭笑不得。老师常把我爱人叫去学校诉苦，顺带地，训斥家长。我也对安安严苛一些，吃饭，看书，做作业，哪些姿势不对，我便纠正他。他隔了几分钟，便忘记了，恢复如初：盘腿吃饭，卧着看书，趴着写字，躺着看电视。可能是我说的次数多了，璁璁便说我，对安安应该温和一些。想想也是，我不应该絮絮叨叨，我还没老呢。即使老了，也不能絮絮叨叨。有些毛病，待人长大了，自然会改变的。可能是我心急了，无意间会挫伤孩子。有时我也责备自己，离家在外工作几年，很少陪孩子。我还没陪他去过图书馆、科技馆、体育馆，很是不应该。甚至，我很少给他洗澡。安安到了十岁，才自己洗澡，换下来的衣服，东一件西一件，扔得乱七八糟。我拿一个脸盆，叫他自己捡拾。洗完澡，他便叫："爸爸，把我毛巾毯拿来。"每次都这样。我说："你洗澡，是不是还要带一个助理呀？"有一次，卫生间里，传来噼噼啪啪的声音。我以为窗外下大雨了。我打开窗户看看，星星点点，凉风习习，半滴雨星也没有。我推开卫生间门，见安安在喷水龙头下，撑一把雨伞，打转。水，哗啦啦地冲在雨伞上，水珠四溅。我说："洗澡，有这样的洗法吗？"安安说："好玩，真好玩。"我说："玩一会儿就可以了，秋天易着凉。"他继续转伞。

安安喜欢打羽毛球，喜欢骑自行车，喜欢溜踏板车。前两天，吃午饭时，他郑重地说："下个星期，有一个重要的日子。"我说："什么日子，爸爸妈妈的结婚纪念日？"他摇摇头。我又说："你班上最漂亮的女同学生日？"他说："班上没最漂亮的女同学。""难道是中秋节？"我问他。他妈妈说："安安十岁生日。"我说："去年你十岁生日，在欣凯皇冠酒店吃饭，今年怎么又十岁生日？"他妈妈说："今年是十周岁，十周岁生日也要好好过一下。"我说："聪聪、安安，你们每年过生日，还不是吃大餐。"我在房间里写字，安安便对我说："爸爸，我想买一辆自行车。"我说："你不是有好几辆自行车吗？都是崭新的，没骑几次，便不骑了，是不是很浪费呀？"安安说："多一辆，方便嘛。"我说："买了自行车，便不能去外面吃饭，爸爸哪有那么多钱？"安安说："你买自行车，妈妈管吃饭。"我说："妈妈的钱也是爸爸的钱，爸爸的钱也是妈妈的钱。"安安说："你的钱给了妈妈，便不是你的，妈妈的钱是给我们用的。"我说："谁说的，你知道吗，很多孩子读书、坐车的钱都没有，得走十几里路上学，要不，我带你去看看他们？"我说的这个话，是不带水分的。我最想带安安去的地方，不是科技馆、体育馆，而是孤儿院。横峰有一个孤儿院，我去过几次，每去一次，感触很多。我的孩子也应该去看看。这个社会，有很多地方，都需要我们去看看，这样，会认识另一种人生，会更深刻地认识社会。

　　我家楼下，有一个大院子，有时间，我也陪安安下去打羽毛球。每次打羽毛球，他都非常开心。我赢了，他便说我没风度。我输了，他便笑我技不如人。我呵呵地笑。下小雨，或起风了，他溜踏板车。我在院子里散步，他滑车。车轮会闪闪发光，是莹莹的淡绿色光。他滑出各样姿势。我看着他，在树与树之间的走道上，溜来溜去，淡绿的光慢慢消失，又慢慢出现。滑得满头大汗了，安安说："你在前面拉车，我不滑了。"我说："踏板车就是滑的，溜起来才好玩，哪有拉的？"我在前面拉着车把，走了一节路，便不拉了，说："车轮磕碰到脚，走路不舒服。"他说："爸爸，那你到后面推，推也可以。"我便推着他回家，说："安安，这是不是你发明的呀，踏板车怎么用来推呢？"

魔　术　师

　　聪聪是在第五小学就读的。我住白鸥园，过步行街，便是第五小学，再过赣东北大道，便是我上班的地方。我上下班，便顺带把她接回家。聪聪上初中了，学校到了庆丰路，我们也搬家到另一个小区。安安读小学，我在外地，第五小学名额满了，去了第一小学。我原想，读了第一学期，再转第五小学，可安安喜欢在第一小学读书，也只有听从他。他喜欢的学校，才是最好的学校。

　　我一直记不清楚安安是几班的学生，因为长期在外地工作，接他放学次数非常有限。每次去接他，校园出来的学生，都穿着校服，黄黄绿绿，我也难以分辨。我翘首望着校园，努力地找他，却有人拉我衣角，回头看看，原来是安安。我去福建工作之后，回家次数多了，去接他的次数也多。第一小学后大门口，有四五家学生用品店，卖文具、手绘本、牛奶、棒冰、水、陀螺、玩具飞机等。有一次，我三点钟便到了校门口，家长只有我一个。我在第一家商店门口，找了一条板凳，坐等。店是夫妻店。老板圆脸，中等身材，老板娘也是圆脸，发福相。老板娘说："你是不是蔡虹的老公呀？"我说："我和蔡虹有夫妻相吗？我这么帅气，她那么难看，也有夫妻相？"老板娘说："不带这样夸自己的，仔细看看，安安像你，神态像蔡虹。"我说："安安还是像蔡虹多一些，看人的眼神，是一模一样的。"老板娘说："我和蔡虹是同学，有时候，蔡虹没时间接他，安安都在我家吃饭，安安有些挑食，不怎么吃菜，做安安的妈妈够辛苦的。"下午四点来钟，家长陆陆续续来接孩子了，大多是一些外公外婆、爷爷奶奶。有一个三十多岁的妇人，脸上有麦子一样的颗粒，穿一件淡黄色的披风。她拿出一卷毛线，用针织着。她说："你是安安的爸爸?"我说："是呀，你女儿和安安是同班的吧。""我女儿都读六年级了。"她说。"那你怎么知道安安?"我说。"常来接孩子的家长，谁不知道安安。"她说。"他也不打架，不打架的学生，要全校出名，多难呀。"我说。"全校最后几个回家的学生，安安是其中之一。他陀螺打得好，贪玩，天天玩得头发出水，但成绩排得上名次。"她说。我说："他贪玩我知道，成绩怎么样，我不知道。他回家几乎不做作业。我每次问他作业，他都说在学校做好了，我还以为他没说实话呢。""我女儿要是有你们安安读书这么轻松，我就省心多了。她放学了，还要请老师补课，成绩就是上不去。"她说。"你要求女儿高了。孩子的学习习惯，比成绩好，更重要一些。"我说。"那你是不是自己教孩子读书的?"她问。"我自己都做不来，哪会教孩子。"我说的也是实话。

　　我去接了安安几次，安安不耐烦了，说："你以后五点钟后来接我。"我说："你不是三点半放学吗，为什么要那么晚接你?"他说："我还没开始玩，你就来了，影响我玩。"文具店有一间后室，每次放学，他把书包、外套往后室一扔，拿起羽毛球就去玩。后室成了他玩具的仓库，有他的篮球、足球、羽毛球、陀螺、自行车。学校门口有一条后巷，有一段时间，他天天在后巷里打陀螺，用一个塑料圆盆，几个孩子轮着打。他到底有多少陀螺，我不知道。他常去的地方，都放着陀螺，在他舅舅家，在我老家，都有很多陀螺。我们白鸥园的房子和现在的房子里，陀螺差不多有三纸箱。有一次，我整理客厅，满满两箱陀螺。我问蔡虹："怎么买这么多陀螺，都可以当饭吃了。"蔡虹说："小孩子要玩，不买干什么。"无论在哪儿放陀螺，安安都清楚记得有几个，过一段时间，他会清点一次，理出来坏了的陀螺，自己整修。他用一个塑料圆盖，拧紧陀螺，特别专注。我说："安安啊，你读书有这么认真，我就开心了。"他看看我，懒得搭理我。有时我在家了，他也叫我陪他玩陀螺，一人六个，用石头剪刀布一决胜负，谁胜谁先选陀螺。陀螺先倒，算是输。我很少有赢的。陀螺在圆盆里，吱吱吱，他不停地叫："转，转，转。"我的陀螺倒了，他做一个翻手的手势，叫："耶。"他笑得小公鸡一样咯咯咯地开心。旋转的陀螺，在他眼里，是一个奇妙的世界，像一个魔术。他还能让陀螺挂在一根线上转。五六岁的时候，他爱玩挖掘机玩具，客厅的塑料箱里，又是满满一箱。他玩高兴了，对我说："以后长大了，我要去开挖掘机。"我说："好呀，工地离不开挖掘机，在工地里开来开去，多酷呀，看起来，像个牛仔，很阳光，很勇敢。"

大概在安安两岁的时候，我发现他做事很是专注。我家附近的步行街，有一家肯德基店，早上和晚上，员工在店门口跳员工舞，他也天天去跳，身体扭来扭去，一直要跳到舞曲结束。看电视也是，我怎么逗他，他都嫌我，烦我干扰他。看儿童漫画书，他也要看完才罢手。三岁多时，我带他上街，街上的店名他基本上读得出来。我从不教他认字，我问他，跟谁学的，他说看电视认识的。隔不了两个星期，他要拉他妈妈去歌厅唱歌。他什么歌都要唱两句，边唱边跳。他十八个月进幼儿园，别的孩子都哭，他是一滴泪水也不会流的。第一天，我去接他，逗他，明天别去幼儿园，妈妈又不在，不好玩。他说，有滑滑梯，要来的。上幼儿园，他从来不迟到，下大雪，他也要去。

他是睁开眼就要出门玩的人，要筋疲力尽了，才回家。没有什么东西，可以把他留在家里。我也想，长大了，他可能适合流浪，适合走四方。

安安上小学二年级，我第一次，也是唯一一次，去拜访他的老师。

他的班主任是个年轻女教师，扎个麻花辫。班主任说："安安坐不住，在课堂里走来走去，叫他坐下，坐不了五分钟，又走来走去。"我说："他可能多动吧，缺乏自控，但多动症没有，检查过，这个年龄段孩子，是正常的。"班主任惊讶地说："哪有家长这样说话的。"我哑然失笑，说："抱歉了，他吃饭都是走来走去的。""你孩子发言积极，提问时，他经常第一个举手，叫他回答，他说他答不来。"班主任说。我说："孩子通过举手以表达自己的表现欲，是正常的。"班主任又愕然地说："你这个家长，说话好轻松。"我说："孩子给你添麻烦了。"

蔡虹是不让我见孩子老师的。因为老师没用正确的方法教孩子，我会批评老师。聪聪读小学三年级的时候，家庭作业很多，前一个月，我忍了，第二个月，我找到她老师，说："教小学的孩子难道是通过布置大量的家庭作业来体现教学水平吗？小孩子适度学习，多些活动，多睡觉，才是孩子应该过的童年。"老师觉得很憋屈，给蔡虹告状。蔡虹说："你以后别去学校，孩子压力大。"我说："聪聪老师是我同学，我们上了一所学校，但我的同学怎么这样教学生的呢？老师学好教育心理学和学好专业知识一样重要。"

后来，我去接安安，却不再拜访他的老师。徐肆是小学的体育老师，他老婆和蔡虹是发小。他女儿和聪聪是发小。昨天，我遇见徐肆。他告诉我，班主任最喜欢的学生是安安。我问为什么。徐肆说安安调皮但不捣蛋，有难度的数学题，都是安安做出来的。我心里喜滋滋的。回家的路上，安安问我："你猜猜我英语考了多少分？"我故意说："79分。"他说："错。"我说："70分。""更错。"他说。我说："60分。"他说："你真笨，更错的意思就是往上猜。"我是逗他。我说："有90分就不错了。"他说："95分以上。"我说："不可能100分吧？"他说："102分。"我说："不可能，卷面分100分，怎么超出卷面分呢？"他说："我把题目全翻译成中文了，老师奖励了2分。""那是要好好奖励的。但考试是衡量阶段性的学习，不代表别的，说明你这个阶段努力了。人最好的品质是勤奋，不知道勤奋就是不聪明，任何事情是需要踏踏实实去做，才会有理想的结果，不做不会有。"我在学校工作多年，预选学生，许多没被录取的学生家长会找我，说："我孩子真的好聪明，就是懒，爱看电视、玩手机。"我都会告诉家长，懒的人，就是不聪明的人。

　　我家距离安安的学校有三公里多。大部分时间，安安都是打车来回，晴好天气，又有适当的时间，我鼓励安安走路回家。他是不愿意走路的，灰尘多，人疲乏。我说："走路回家，我把打车费给你买玩具。"他立马来劲。走路，可以锻炼脚力，我更多的想法是，可以边走路边和安安说话，顺便了解市井生活，看看路边开的店，看看路上的行人，都是一种很好的观察生活的方式。一次到小区门口菜场，我说："我看看有什么东西买，你等我两分钟。"我从菜场出来，他手上拿着的十块钱不见了，我问他钱去哪儿了。他说："刚刚给跪在地上乞讨的孕妇了。"我说："她可能是假孕妇，行骗的。"安安说："人要有同情心，你不能批评我。"我说："我哪是批评你呀，我是说，我们对事物要有判断力，不能被表象迷惑。"安安说："跪着多难受，给她钱，也是同情她吧。"

　　我喜欢和安安边走路边说话。他老让我出个题目，考考他。或者让我讲个故事。我摸着他的头，看看他。他也给我讲，哪个同学有趣，哪个同学过生日了，哪个女同学爱哭。我说："有没有喜欢你的女同学呢，有的话，带我认识认识，我请吃饭。"他说："我才不要女同学喜欢呢。"有一次，他很认真地对我说："我发现你对姐姐更好。"我问："为什么？""你从来不叫姐姐背古诗，你只抓我背。"他嘟囔着说。我说："姐姐学钢琴，学了那么辛苦，人的精力有限呀。现在背古诗，以后你上高中语文会很轻松，背古诗好处太多了，你以后肯定会说，我老爸多英明呀。"

有几次，我对安安说："你应该学会自己坐车上学了。"安安说："我还没学会过马路呢。"从学校回家，走出巷子，他便要吃铅山人做的灯盏粿，一块钱四个，他买四块钱的来吃。卖灯盏粿的妇人，四十多岁，拉个板车，下雪天也卖，穿油伞布一样的雨衣。板车搁在十字路口的拐角上，烧个煤气灶，饭甑蒸。她看见城管的人，满脸堆笑，忙着夹灯盏粿给他们吃。不买灯盏粿，安安就在路口的面粉店，买一个茶叶蛋。昨天，他买茶叶蛋，把一块钱往柜台板上一扔，说要个茶叶蛋，剥一下。我狠狠批评了他，说："《小学生守则》有没有学呀，懂礼貌是第几条呀？"他一下子苦起脸。我说："买东西要把钱交到店员手上，是对别人的尊重，麻烦别人要说请，知道吗？"

我们下了金龙岗斜坡，到了路口，等车。下班高峰期，出租车正是交接班时间，打车特别难。我拉着安安的手，背着他重重的书包，满街的喇叭声，人来人往，街上人头攒动。上了车，他便捂着鼻子，没两分钟，便靠在我身上，迷迷糊糊地睡了。下了车，他也晕沉沉的，有时，还叫不醒他，我就抱起他上楼。我有些抱不动他了，走得摇摇晃晃，我才发觉，安安给予我的，远远多于我给予他的。

安安像个魔术师，是个想方设法让自己也让别人快乐的人，他的道具五花八门，也使我的客厅和房间，杂乱无章。

第二辑　点亮的星宿

尖叫的水流

　　枯黄的茅草覆盖了原野，纵目望去，大块大块的墨绿像旧衣上的补丁。墨绿是青春的色彩，是朦胧、隐藏、暗示的部分。那是低矮丘陵坳处的杉树林，在秋天的下午，一条土路弯向深处，通往秘密之境。而春天却是另一番景色，葱翠如盖的丘陵，连绵的雨水梳洗大地，也梳洗我们晦暗的变声期，黄色的泥浆四处流淌，犹如我们初开的混沌。茅草是春天腹部柔软的皮毛，馥郁绵绵，原野呈现淡淡的无可名状的忧伤，在时间的微光中，一边沦陷一边抚摸我们冰凉的额头。

　　1986年的上饶县城，萧瑟而驳杂，纷繁而旷芜。在上饶师范学院的背后，是狭长的南灵北路和突兀的民房，色调是单一的暗灰，在晴朗的阳光下，就连抒情也都是伤感的。前面是广袤的原野，四季的变化使我们的视觉丰盈起来，细细的泡桐花，白雪一样飘飞的芦花，霜后绛红的山楂树，无意之中成了颜料的实验场，简洁纯粹。罗桥河偃卧在校园右边的围墙外，像一道篱笆，把稻田和一个叫桥下的村庄圈在一起。那是细小的河流，春夏有泛滥的洪水，秋冬干涸得垂暮老人一般，成群的鸭子在浮游，岸边的草丛长年开金黄或蓝紫的花。那是单调而多思愁结的年份，我十六岁，正值抽穗扬花，处于青春期的模糊地带。我们作为学校的第一届学生，将在这里度过三年。

　　我们来自全区各地的农村，校园里混杂各色方言，即使是说普通话，也不免音色浑浊。与其说是个校园，倒不如说是垦荒的农场，只有一栋教学楼、一栋宿舍、一幢简易的食堂，厕所还是油毛毡、石棉瓦搭的，更别说图书室、澡堂和操场了。这反而让我们更容易适应环境——比我们就读的中学环境还差一些，多多少少让我们保有农村人的尊严。其实，整个上饶县城都是新建的。它从二十里外的城市搬迁到这片坟茔之地，像从母体脱落的细胞，不断地裂变，成为另一个母体。我们兴奋是有理由的——可以不需要熬灯油读书，可以摆脱父母的掌控，可以远离泥土。事实上，到了最后的学年，校园已经成了上演自由的剧场，教室、寝室、食堂、山包上、树林里，到处散落着恣肆的歌笑声。

我想，一个人的道路很大程度上是因外力而改变的，又形成新的外力。比如一条河，它的弯曲完全是为了适应地理上的模板，但又改变了之前的地理模板。在我没遇到皮晓瑶老师以前，我从没预测过我的未来，或者说，我在等待接受我的未来——伸手可及的、无法改变的教师职业，像班上的四十八位同学一样，为当一个优异的教师而奋战。

语文在师范的课程里一分为二，分为语言基础知识和文选与写作。我从小就不怎么喜欢语文，死记硬背，偷不了懒，不如数理化灵活。皮晓瑶老师教我文选与写作课。她剪一头指长的短发，上课的时候，脸上飞翔着霞一样的绯色，她的嗓音低沉圆润，有穿透力，音质甜美。我非常喜欢她的课——不是爱语文，而是爱听她的声音。我甚至有点畏惧她，倒不是说她严厉，也不是我露怯，而是我由衷地敬慕她。事实上，她是一个和蔼的人，虽然只长我四岁，比班上年龄最大的祝洪春还小。她的温柔与教养是其他老师所不能比的。她的气质像暗夜的光晕，笼罩我们。

她是与众不同的，至少我这样认为。她不会让我们记中心思想和段落大意之类的死东西，也不会要我们背课文。她注重时代背景的诠释，向我们铺叙作家一生的历程。她广博的文学知识和素养，与她的年龄是不相称的。于我而言，她打开的不是一扇窗口，而是广袤的旷野。我看到金黄的秋叶，加勒比海蔚蓝的波涛，俄冈山的白雪。她向我们介绍过的作家，我几乎阅读了他（她）们的所有代表作。她一边讲解，一边谈自己的读书心得——她是动情的，抑扬顿挫的声调夹缠了她往昔曼丽的时光。阅读课文的时候，她起个头，叫学生接力下去。通常第一个被点名的是乐建华。他的父母是上海知青，在县城工作，多年后，他父母和弟弟去了上海，他成了故乡里的异乡人。我们都以为他会去上海，想不到他几经辗转，还是留在了农村。去年我和同学徐永俊到乡下探望他，他坐在农家的八仙桌上吃饭，穿一双解放鞋，聊农事，我很难相信自己的眼睛。我说："生活委屈你了。但我为你感到高兴。"他由高到低的生活，剥夺了年轻人的浮躁气。生活是泥沙俱下的，磅礴的力量会形成巨大的黑洞，人是被吸附的尘埃。读书那时，他还是全校最时尚的人，象棋技术纵横全区校园，他的温文尔雅在男女生中都受到了欢迎。他朗读文章的声音极有节奏感，有磁性。一般情况下，我是接他的。我的普通话有方言的杂音，又没有情感的起伏，糟糕透了。皮老师选我，完全是出于偏爱——我全力以赴投入文学的样子，即使在全校也是凤毛麟角的。

我疯狂地爱俄罗斯文学和英国文学，坚韧的饱受苦难的阿赫马托娃，尖利的茨维塔耶娃，被激情焚烧的普希金，早逝的拜伦和济慈，仿佛苍穹璀璨的星辰，给我以心灵的抚慰。我没有吸收到俄罗斯的像火一样的血液，却怀有它黑夜无垠的忧郁。《日瓦戈医生》《猎人笔记》成为我的至爱。但我讨厌契诃夫，烦透了高尔基。没有图书馆，我四处举借。我晚自习的时间，几乎全花在抄写外国诗人的诗选上，并乐此不疲。《安娜·卡列尼娜》和《战争与和平》一直是我渴望阅读的书，我借阅无门，就向皮老师开口。这种书，一般人是不轻易外借的，没想到她满口答应。在她家，我很不安地左手玩右手，跟在她身后，爬上阁楼。阁楼有些暗，许多包扎好的纸箱码成排。她很快从其中之一的纸箱中，找出托尔斯泰的惊世之作。"你要把书保管好，不要弄脏了。"她说，"我在大学的时候，就非常爱读托翁的书。"我打开书，看见扉页上有她先生的签名和赠言。这是她爱的信物，也是她青春的见证。我一时无语，眼眶湿湿的。

我毕业后，她也改行步入政界。我始终对她敬重有加，她对我的关爱也未因岁月的流逝而减弱。我毫不怀疑，她或许是接受了天使的派遣，成了我近乎姐姐一样的亲人。

师范二年级，皮老师组织成立了"飞鸥文学社"，我被选为社长，徐勇为主编，会员有四十多人。在三楼的一个空教室里，挤满了人。我并没想到那是另一种人生的开始，那是一个岔口。

在我人生的道路上，另一个重要的人挤了进来，他叫郑渭波。他是徐勇请来为文学社开讲座的。暮秋的风扯起呼啦啦的叫声，从罗桥河扑身而来，像一头猛兽。郑诗人穿一套黑色的西服，头发梳得光彩照人。讲座的主题是"如何写现代诗"。他解剖自己的诗作，声情并茂。我们把掌声一次次地献给他。结束之后，我们座谈，他喝茶的时候，把杯边的茶叶用手指擦回水里。他的眼睛多情而智慧。

后来我才知道，郑渭波是省里以乡土诗闻名的诗人。他是一架诗歌的播种机，广收"信徒"。除了文选与写作课，我把上其他课程的时间全用于读小说和写诗上。晚饭后，我、徐勇、傅金发就到郑渭波家去玩儿。他租借了郊区的一户农家，两室带厨房。拐过一片菜地，就到了信江。夏夜的时候，我们拿一只手电筒，去田里抓青蛙。他穿一双黑拖鞋，走路屁股一摇一摇的，唱着过时的流行歌曲，偶尔也喜欢翘起厚嘴唇。我们说："郑老师，你这样真性感，你要让女孩子害相思病的。"听我们这么说，他的脸上堆满了纯真的笑容。

他那时还单身。到了星期天，我们就去他家骗饭吃。准确地说，是喝稀饭。他对生活的要求降到胃部的最低处。他用煤油炉煎豆豉，放点油，黄黄的，一下就把我的食欲吊上来。厨房散发出浓浓的、刺鼻的煤油味。我整块地吃豆豉，他说："少吃点，好咸的。"他喝稀饭的声音，稀里哗啦，还念念有词："好吃。好吃。"我敢断言，他用稀饭招待的诗人是全国最多的。1992年，他的两岁的儿子被查出左脑发育不好，使他多年处于阴影之中。

我经常地旷晚自习课，使班主任对我忍无可忍，在班会上批评我："你这副样子，到了社会，翻跟斗是早晚的事情。"班主任是一名五十来岁的马克思主义的坚定捍卫者，姓张，为人处世古板，清规戒律很多，视荣誉如生命，喜欢在夜间抓不守规矩的学生。"昨天晚上，我看到三班的教室有手电筒的光，我就走过去，以为是学生，没想到抓了一个小偷。"一次，他在早操的教台上说，"抓到小偷也是好的嘛。"全校的学生哄地笑了起来。其实他是一个心地善良的人。这么多年，我也没探望过他。前年，他死于胃癌，恩怨也随风而散。我也如他所言，短暂的青春在一条曲折的线上蚂蚁一样艰难前行，我放弃了许多从政经商的机会——因为我遵循内心的方向而活，生活的磨砺又算得了什么。我们要有一颗坚忍的心，平静地面对生活。

现在同学聚会，他们还笑我，那时我一整天就知道摇头晃脑背古诗词，去食堂吃饭都忘了，吊单杠像一只青蛙，腿蜷了半天，也上不去一个。

音乐、书法、体育，被称为"小三门"，是师范生的必修课，可惜我一样都不学，学校发的墨水、毛笔我给了同学，体育课从来不上，唱歌五音不全，如我者，全校少有。真是丢尽颜面，有辱师门。

　　那片原野的吸引力是强大的，远远大于校园，或者说，我们把原野当作了校园空旷的公园。天空盛大而高远，柔软的草地让单调的下午变得恍惚。春天，野百合举起白色的小伞，野桃树裹一身的绿突兀而出，刺梨一卷卷地翻开白花。

　　山包也成了我们的舞台。放了学，陈海峰、王剑文、缪建强提着一个收录机就往山上去练霹雳舞。那是让人疯狂的个性化的舞蹈。人到了青春期，道路也开始分岔，也充分应验了"人以群分"的老话。他们蛇一样的腰身，蜜蜂一样的翅膀（双手是另一种翅膀），引来女生的观看。可后来，舞蹈家没诞生，他们却成了精明的商人。我们先后在同一座城市安家。陈海峰经常像个老人一样对我说，他曾经多么想考艺术院校，也外出流浪多年，寻找机会，千翻百滚，而现实不容许他耽于梦想。他一边微笑地沉浸在物质的喜悦之中，一边弹烟灰，开玩笑地说："唱歌最大的好处就是容易受到女孩子崇拜。"

　　在夕阳下闪亮透迤而过的是罗桥河。对岸的桥下村被樟树簇拥，炊烟拂过金黄的田野，远远望去，犹如隐没的远古记忆。列维坦油画体现的庄严乡村，就是这种暖色的伤感的色块。于我而言，它是神秘的——即使深夜狗吠，带来的也是惊惧和愉悦。我们在幽暗的路上散步，独自哭泣，想念并不遥远的家乡，都在那条河边。仿佛那是祭台。低矮的山冈裸露红色的岩石，破败的坟墓掩在杂草中，河流渐渐退却光亮，变得淡黑，默契了我们黯然伤神的感怀。我们也去河里游泳，岸上扔满了衣服——货摊上买来的旧军服、白边的绿色运动服，我们四季都穿。

　　我忘了是哪个夏季，我们在教室上晚自习，隐隐约约从背后的小路传来剧烈的哭声，我们飞快地跑去看。我们都吓呆啦。一个中年父亲和一个年轻人，用担架抬了一个中学生模样的人——身子赤裸，腹部隆起，脸上浮起青色的瘀肿，嘴角淌一丝丝的水，眼睛沉重地合上了。他死于溺水。我第一次觉得死亡离我们多么近，就在身边，像一个无法更改的错误。那个一夜衰老的中年父亲就是我的校长。

这事对我们震动很大，以至于后来寝室点名，一听有未到的同学，我们就打起手电筒往河边跑，好像不是去找人，而是去挽救生命。我想起物理老师的话："人的最低点是死亡，至高点也是死亡，复杂弯曲的线是人生。"物理老师烟抽得双唇发黑，常熬通宵打牌。以前他并不是这样，一场恋爱让他坠入万劫不复的深渊。我们都喜欢他，因为他监考时会坐在门口睡觉，还打鼾。

1989 年 4 月底，我们从上泸镇中心小学实习结束返校。之后的几个月，我一直处于心力交瘁之中。我非常好的一个同学，死于意外的车轮。她在遥远的异乡读书，我来不及对她说爱，她就穿过我的心脏消失在渺远的人海。

有一种别离让人失去方向。多年后，我听到张信哲的歌《爱是一种信仰》，心里说不出的滋味，愁肠百结，往事已缥缈，路上的人与事，皆茫茫。

但我并不沉郁地生活，人要快乐，要善待自己、宽爱他人，布道自然。在我遭受了无数的非议与责难之后，我懂得人世沧桑就是生活的大美，正如丰沃的田畴。

那个夏季特别多雨，细细密密的，沟沟壑壑里都淌着黄黄的泥水。山冈的草木呈现出阴冷的、灰色的、怅惘的气象，像一张旧日的脸。

学校对我们开始松"绳索"，筹备毕业考试。会考结束，我星夜回家，毕业晚会都没参加——我以逃亡的方式告别了学生时代。

我一直不敢触摸那个夏季，它是巨大的黑碑，仿佛高悬的亡灵。我以为我忘记了它，其实并非如此，它会在人绝望时，滔天而来，宛如暴涨的罗桥河水。

有一种生活让我悲伤

他们被迫让我说出生活的重量。

——里尔克

1991 年开始，我离开乡村，借居在上饶县城一个内部招待所。那是一栋四层楼的铅灰色建筑，后院有一个园圃，耸立着柏桦和梧桐，铺展着月季和野麦草。

招待所经年置身于自身的阴暗之中，过道和楼道即使在晴朗的夏天，也亮着昏沉沉的灯，晕黄，柔弱，使阴暗蒙了一层神秘的薄纱。阴暗与楼房的高度和宽敞度是无关的（楼房的前后左右都有大门，房间设了标准的大格窗），阴暗源于楼房的结构——对称式，两边是房间，中间是过道，拒绝了光线的穿透。

我的蜗室在四楼，打开窗就有柏桦的翠枝伸进来，像个鸟巢，让我获得了眺望的姿态。不远处是茫茫信江，江面上的淘沙船、机帆船、乌篷船，缀饰眼窗。我在临窗处摆一张书桌，两边各铺了架子床，进门是一个杂物架。这是我的第一个驿站。

它虽然简陋，却给了我遮风避雨的安身之所，寄存着对未来渺茫无知的希望。我曾经在这个县城读书（师范），对县城的每座山冈、每条街道的熟悉程度，甚至超过了自己出生的村庄。我最初的简单生活梦想，就是逃离闭塞的乡村，在县城有一间房，安心写作。

我的满足和兴奋非常质朴。

而这样的幸福是短暂的，像一辆星光下的马车，匆匆消遁。

我对蜗室的怀念却无比深沉。它楼道的尘埃，悬浮着我那几年焦灼不安的脚步声。阴暗延绵了楼道的长度。招待所只有一名管理员，是个沉默寡言的中年妇女，终年憔悴的样子，走路蹒跚，大家叫他李师母（十年后，她离家出走，不知所终）。招待所是作各种培训用的，常年荒废，扶栏蒙了一层厚厚的灰尘，壁顶挂满蜘蛛网，霉变和颓败的气息弥漫了每一个角落。

在招待所里走动的时候，我就会听见整栋楼有缓慢、沉重的回音。仿佛在说，一个被遗弃的、近乎死亡的居所，它的寂静和阴沉，不可能被一个孤独的人打破。

我上班的单位是一个艺术团体组织，只有一间办公室，设在县委大院一楼，与卫生间正对门。我们通常关着门办公，给人一种可有可无的感觉。

对在一个办公室相处了两年的人，我有必要作简单的描写。领导是一个五十开外的人，为人谦和慈祥，有长者之风，高个儿，清瘦，烟瘾特别大，喝酽酽的茶，一口牙黑黑的，满口婺源口音。他写剧本出身（但我没看过他的剧本）。另一个是剧团团长，剃个平头，鬓边微白，个子偏矮，结实而灵活。我知道他出演过的角色是某电视剧里的汉奸保长，作为群众演员，画面上闪过几秒钟的镜头，已经算够长的啦。还有一个是省内较出名的诗人，写乡土诗，有一头浓密的头发，有时疏于清洗的原因，他的头上总有许多雪花（头皮屑）。他是个外表懦弱而内心尖锐刚毅的人。

关于这位诗人的故事不胜其多，有一则是这样的：隔壁办公室新进了一个年轻貌美的女子，诗人问："你叫什么名字？""我为什么要告诉你？你是谁呀？""我是谁？你看《XXX报》吗？""天天看呀！""天天看，怎么不知道我是谁呢？""看报纸跟你有什么关系？""报纸经常发表我的诗呀！""我从来不看诗的，有诗的地方我就翻过去。"

这则故事在诗歌圈内圈外广为流传。我相信这样的故事是一种调侃的捏造。我的诗歌写作师从于他。在我狂热的学生时代，他经常开诗歌讲座，激情四溢，唾沫飞溅。作为一个虔诚的追随者，我日后成为一个诗人，是意料之中的。

早上，我把办公室的开水瓶灌满，整理完资料性的报纸，把一地的烟头扫干净，给清洗过的四只茶缸斟上热水，我一天的工作就算完成了。抽烟、喝茶、吹牛、看报纸，就是一天的生活。

当初离开乡村对县城抱有的兴奋念头，随着对工作的深入和了解，渐渐消失，我已经产生失望、沮丧的情绪，并滋生深深的恐惧。我的未来——是他们现在的状况还是别样的选择？

办公室的窗口囊括了后院的全景。那是一个花园，水杉与松树竞相探入高处，鸡冠花、雏菊、芙蓉，交相争辉。我经常望着窗外，一整个下午都在发呆。

那是一种焦灼、茫然无措的状态。我眼前的脸孔是虚拟的，他们仿佛是阳光斜影下的一堆灰烬。他们生活在触手可摸的等待之中，等待下班，等待星期天去钓鱼，等待加薪，等待退休。等待，一个多么美好的词，正张开吸盘一步步地将我们吞噬。等待是一只乌贼，四肢有丰足的麻醉液。

我不想这样等待。我可以草芥一样卑微地散落大地，但不能忍受毫无意义的衰老、琐碎、盲目，听命于没有质量的生活。

机关食堂在后院的一个低洼处，是一栋岩石砖垒的红瓦房。

食堂，是胃的仓库，是粮食的消化器官。深入它油烟味弥漫的内部，你会发现平底锅、竹箅蒸笼、煤泥、油迹斑斑的饭菜票、蓝布围裙。

一手拿碗一手提开水瓶的人，一般是刚进机关的。也有年长的——大半辈子还没有混上科室主任，是被人所鄙视的。

我们稀稀拉拉地围坐在一张大圆桌边吃饭，菜一般是炒豆干、煎辣椒、红烧肉、炒矮脚白菜、炖萝卜。"天天吃肉、喝酒，胃受不了，吃吃食堂，换换口味。"说这句话的人是县委办的一个小秘书。他二十出头，一手材料功夫了得，被县里称为最有前途的年轻人。"你幸福啊。我吃食堂吃怕了，一年到头就那么几个菜。"宗教局的小邵见人就抱怨菜里没油水，胃刮得咕咕叫。

食堂是县里小道消息传播最快的地方。沉稳持重的人就买好饭，端回办公室吃，一边吃一边看报纸。报纸看烂了就找错别字。

食堂里做菜的师傅有五六个，只有两个让我记忆深刻。一个是微胖的中年妇女（像一个冷馒头）。她穿着素洁，围一条蓝卡其布围裙，一口白牙，脸上挂着开怀善良的笑容。我喜欢排她的窗口。别的师傅拿起菜勺，满满地打一勺，手又痉挛似的抖落几下，菜就剩了一半。而她不会。还有一个是在轮椅上生活的人，姓熊，下肢瘫痪，是食堂管理员，兼卖饭菜票。他头大脸短，说话有点结舌，问我："你怎么经常没钱吃饭？""我工资全部交给家里。"他便不再作声，不要我写任何字据，就把饭菜票给了我。可能至今，他还不知道我的名字。

那几年，我全靠微薄的稿酬为生，一个月只有几篇小稿见报，生活的艰难可想而知。

我盼望县里召开经济工作之类的大会。倒不是我关心全县大事，而是每逢大会，食堂就大摆丰盛的工作餐。我们几个无处觅食的人，就找熟人，收集尽可能多的餐票，可以饕餮几天。我们每餐先把菜干完，然后用菜汤拌饭，吃得满嘴流油。

从十二岁开始，我的全部营养来自食堂。豆芽、土豆、洋葱、豆腐、南瓜、酸萝卜、腌菜，是我体内的主要营养组成元素。而多年大量进食味精、酱油、杂油，让我至今患有严重的偏食症。

从蜗居到办公室是一条主街道，像巨大的橱窗长廊，展出精粹的奢华——古典的庭院式星级宾馆，银装的电信大楼，知名品牌服装专卖店……而陈旧的影剧院和低矮破烂的图书馆，使整条街失去了协调一致的美感。

我每天心事重重却装作若无其事地去办公室，街道两边的树与街心花园，我从没有欣赏过。芙蓉花开，一年的秋天又到了，漫长的煎熬中的生活，竟然也如飞逝一般。

因为没有别的去处，我每天吃过晚饭就去街上散步，沿林荫道，往郊外走。我仿佛在一个喧哗的剧场，演独幕的哑剧。商铺的灯光是背景，夜色是帷幕，来来往往的人群是陌生的观众。这样规律性的散步让我觉得自己是一个老人，脸上不经意间多了一分安详、沉着。

在中街公共汽车站——由一个雨篷和一道围栏组成，我会不由自主地停下来，看公共汽车喘着粗气，绷紧全身的关骨，慢慢地消失在街树的阴影之中，消失在自身的速度之中。这是送别和等待归期的地方，幸福与悲欢的泪水交融的地方。我想，总有一天，我会坐上其中的一趟，再转上火车，去一个人海茫茫的他乡。身躯是我唯一的行囊。我要成为风中的人，把他乡紧紧抱在怀里安睡，暗自恸哭与怜爱。

我散步，仅仅是把黄昏的时光进行一次毫无意义的丈量。当然我也会留意影剧院的预告，它很可能是我前半夜的节目单。

在半明半暗的街道上，你如果遇见一个头发蓬乱、穿一件皱褶西装的人，他一脸疑惑，好像在刨根问底一个没有谜底的答案，你不要惊扰他。假如街道是一个长句子，他只是一个错误的标点，最终会被擦去。

我与他有着相似的命运与伤感，带着浑身的谶语、伤痕、无知。世人皆形单影只，他独树一帜的风格又何妨。

每个夜晚的降临都是惊心动魄的。下班的人像暮归的鸟儿，从街上飞翔回家。我也回到蜗居，穿过幢幢黑影的树丛，旋转的楼道把一个倦于内心焦虑的人升到独坐的寂寞高处。

晚风像一只跳跃逃窜的黑斑狐，把桦树掀得哗哗作响。信江上的几点渔火把天空映衬得斑斓多姿。

房子是家的肉身，躯体是灵魂的肉身，蜗居是我的肉身。写作，不可能改变我的命运，反而让我陷入多愁郁结的沮丧的内心世界。因为对未来的担忧和恐惧，我患上轻度的失眠症。我经常从寐梦之中惊醒，不知身在何处。

没有目标，也没有平衡点，一切都那么方向不明。有时，我深夜爬出招待所高高的铁门，一个人在街上疯狂疾走。街上人迹杳杳，芙蓉花喷出殷红的色泽。我感觉到有风在我心中呼啸，掀起七尺狂涛。

曾经有一段时间，我疯狂地泡在录像厅里。录像厅在邮电大楼左侧，门口挂着黑绒的布帏，沾满灰尘和油污。守门卖票的是一位头扎马尾的女孩子，穿一条油菜花色的碎花连衣裙，戴一副银灰玳瑁的墨镜（患有眼疾）。我一直看到录像厅收摊才回宿舍。

我想，我只是暂时把沉重的躯体寄存在录像厅里，像一袋杂物，需要被人看管。或者说，在进入睡眠前，那冗长沉积的时间，是荒芜杂乱的，是多余的，像时光身上的一团赘肉。

南方的天空高旷而空洞，阴霾又潮湿。

　　　　　在我的额头是冰冷的金属。
　　　　　蜘蛛寻找着我的心。

有一盏灯在我的口中熄灭了。

夜间我发现自己在荒原上，
上面堆满了星星的垃圾和尘埃。
在榛树丛林里
又一次响起了透明的天使。

格奥尔格·特拉克尔说出了夜晚的奥秘。

一坐在办公室里，我的脑部就发胀，塞满了棉花似的。我不能承受这种漫无目的、又困于自身的生活。

一片空寂的松树林，在一个暖色调的下午，会把一个孤独的散步者抱紧。玉树临风的松树，梳一头墨绿的短发，油亮洁净，像等待一个杳无音信的人归来，又像在款款地把没有终点的出发者送向远方。地平线渐渐模糊了眺望的视线，迷离、苍茫，犹如一封泪渍后的远方来信。

与其说是松树林还不如说是一座乱坟成堆的山冈。山冈的色彩简单，麻白色的茅草，赤赭的岩石，苍翠的松树。寂寞和澄静，把这些事物定格在我心中。

松树与一个老人有什么区别？皮肤松弛，厚厚的皱纹包裹遒劲的骨头，饱经沧桑。在衰老中生长，在颓圮上峥嵘。

拜访山冈，就是对内心的一次探询。生与死，显得多么虚妄。我经常坐在一块倒塌的墓碑上写诗。我所写的诗，早已被墓碑上的人所经历，一一洞穿。混沌，无望，踌躇，孑然，一如山冈，被风雨遮掩，被辽阔的大地省略。

坟墓，是否意味着死亡？埋葬？沉默？选择？必然？决绝？悲痛？是终结还是开始？是厌弃还是逃避？多年以后，我理解了它，它是人生的常数，生命才是变数。它让我有了一颗广阔而坚忍的心，平静宽容地面对生活，真诚地面对自己。

我大概一个星期会拜访一次松树林。它的岑寂和荒凉能洗净我内心的污垢，让我裸露在自省的风中——那是一种美妙的契合与感应。

许多人用这样的标准去生活，以对与错、成功与失败去评判，用社会世俗的价值利益作人生天平上的砝码，观照和理解生活。而我以情趣和事物在时间阶段内的意义，作为取与舍的原则。我问自己：明天就要死，那么你今天会干什么，让自己活在临终的状态。

人是背负着墓碑走完一生的。我在内心苦苦挣扎了两年之后，选择了放弃闲散、压抑、琐碎的生活。可能那样的生活会给我另一种人生，步入仕途，衣食无忧。但我选择了人生的第一次逃离，做一个纯粹的人，遵循心灵的方向，虽然我此后历经沧桑，饱受磨难。这是生命赐予的，我倍加珍惜。

上世纪九十年代的玫瑰

那个时候，我和欣如常常坐班车去横峰，坐车要过信江到汪家园车站。欣如老家在横峰。假日或天气晴好的日子，我们会一起去横峰玩。在河岸边，从一条有弯道的斜坡下去，有一栋两层的楼房，就是欣如家。斜坡两边有密密的柳树和洋槐。春天，洋槐长出细嫩的青芽，白白的绒毛黏附在芽尖上，柳树则有细细圆苞，小骨朵一般，吹来的风，把浮起来的清香，搬运到四处泱泱的田畴里。那是一片开阔的田畴，大部分油菜花结籽了，只有一小部分还在开，和地里的白菜花、萝卜花，如兄弟姐妹一样，坐在大地的筵席上，穿着质朴而纯洁的盛装。坡下是岑港河，沿山边蜿蜒而来，水芹艾草蒌蒿，茂盛浓郁。三五个小孩在河边垂钓。在弯口处，有一片葱茏的竹林。欣如端一把气枪，去竹林打鸟。鸟一般是麻雀、山雀和布谷。砰，鸟四散。我们躲在竹林，默不出声，鸟飞回来，叽叽喳喳。砰，鸟又四散。转了半天，也没打下一只鸟。欣如说，气枪不好，要换一把土铳，用散弹打。

事实上，横峰也没什么地方好玩的，我们在老旧的大街上溜达。县城只有两条街，以"V"形分成三个居民区。房子并不高，三两层，街边的梧桐树粗壮，宽大的叶子四季飘零。门墙和店面都没有装饰，青灰色的墙砖和黄色的泥巴裸露出来。街上是汤粉店、小吃店、理发店和服装店。在很多年的印象里，横峰更具小镇的气质——街道窄，人迹稀

少。直到遇见一个破旧的火车站，才把我带到县城的概念里。说是火车
站，其实更像一栋民房，外带一个院子——这是中国最老旧的火车站，
只有最慢的火车才在此停靠。但这个县城，有一股我非常熟悉的气味，
让我短暂眩晕和入迷。我说不清楚这种气味具体是什么。可能是那种散
漫的、慵懒的生活方式，也可能是不规则田野上空的山峦投影。而火车
站瞬间把这一切显现出来——火车慢慢来，慢慢走，哐当当，哐当当，
不那么撕心裂肺，也不那么含情脉脉。

　　在一九九三年初春，我第一次去横峰。我从饶祖明居住的德兴长
田，坐两个小时的班车到横峰县城，找一个人。所找的人姓何。我只知
道她一年前从铅山来横峰，随她男友来做煤炭生意。我沿着街面问了一
个下午，终于在电影院附近的一栋灰旧的楼房里，找到她。她比以前丰
腴些，皮肤白净，穿木槿花印布裙子，头发蓬松。我坐在办公室，看着
她进门，她语气温婉，说："你怎么找到这里的呢？"我说："我闻闻空
气里的气味，就知道了。"事实上，一年前我到她家找她，她父亲就告
诉我她在横峰。我在她办公室喝了很长时间的茶，也忘了聊了什么，只
是心里很悲哀。我们第一次认识，是在永平铜矿诗人汪峰的单身宿舍。
汪峰获得了《飞天》杂志的诗歌一等奖，奖金三千元，我去祝贺。那是
一九九一年冬天，天空黑得像一团淤泥。汪峰请来贵生、建平等诸多好
友。汪峰说，庆祝要隆重，还得请一些人来，得去镇里请。后来，何女
士来了，她是个小学老师。晚上，天下着冻雨，滴滴答答。大家都回家
了，何女士还没走。我和她，在汪峰宿舍闲聊，直到天下起了雪，她才
回家。她有一头很长的头发，脸部饱满，像一朵雪花。我们一共见过四
五次面。她的眼睛似乎蒙着一层薄雾，迷迷蒙蒙的，做梦一般。在横峰
那次，是我们最后一次见面。在二〇〇二年八月，我有一次接到她电
话。她说她一直生活在上海，还没成家，生活得很好。我也不知道她是
怎么找到我电话的。她说她看了我一篇文章，想起了故友。我坐在办公

室，看着窗外的信江，窗前的树叶已完全发黄了。

在二十世纪整个九十年代，我像个生活中的行吟诗人，在这里生活一段时间，在那里生活一段时间，把钱袋用空了，又回到上饶。还好，那时我一直单身，否则，没哪个女人可以容忍我这个像蒲公英一样的男人。

二〇一六年正月初二晚上，应饶祖明邀请，我和汪峰、国太在饶祖明二哥家吃晚饭。汪峰发微博写道："八百年前，杨万里在江西诗派领袖刘藩的玉山家中，遇见了朱熹，从此留下了文坛传奇，今天诗人国太、汪峰、傅菲、饶祖明在玉山郊区大南角青湾聚会。"酒意酣畅之余，我问汪峰："你还记得我们第一次见面在什么地方吗？"他摇头。我说："在上饶县城，三楼角落的渭波办公室。下午下班时，你敲开渭波办公室的门，声音小得蚊子一样，问郑老师在吗。打开门，我看见一个戴酒瓶底厚的眼镜的人，胡子拉碴，把手抄诗歌册页给渭波。渭波双脚架在办公桌上，问你叫什么名字。汪峰——你回答道。我不记得你诗歌了，但记得你一手小楷字，遒劲工整。也在同一天，我认识了纪辉剑老师。那时我和徐勇还在读书呢。"国太问我："那我们怎么认识的，你记得吗？"我说："我当然记得，你说你印象中的第一次见面在哪？""在铅山。"国太说。我说："铅山是第二次见面，第一次见面在我办公室，你来上饶县团委，午饭后去看渭波，那时你在《人民文学》发表《鹤七首》之后不久，我记住了你满头卷曲的头发。"饶祖明说："我们这些人是会相伴到老的。"我说："我们聚会一次多不容易，汪峰在四川凉山，国太在温州，你在黄山，我都不知道自己在哪儿，要多少年才可以坐下来一起吃饭、吹牛。"

第二天，我们便四散各地了。是什么把我们抱在一起，又是什么使我们分散异地？上帝把我们捏成了不同的人，生活把道路捏成不同的弯度。

一九九一年正月，即我参加工作一年后，我从乡下调往上饶县城。县城毗邻上饶市区，像一艘船，漂浮在丘陵间。县城只有一条南灵路，水泥路浇到供电公司便断了。四处是黄泥山冈。深秋，山冈的落叶灌木，树叶泛黄泛红，与赭红的岩石、浅红的土壤相互映衬，远远望去，地平线变得阔远。我和渭波、纪辉剑、发贵，常在午后或傍晚时分，在山冈散步，远眺。我们追寻着地平线，浑圆烈焰一般的落日，滋生出一份落寞和慈祥。我们以为地平线近得似乎触手可握，事实上它与天际相融——或者说，它就是天际。多年后，我读江一郎的《地平线》："……告诉他，那是地平线/太阳升起的地方/哪怕他，像我一样/一辈子颠沛流离/一辈子走在路上/清凉的风吹着他的头发/只剩下孤单。"我竟然半天说不出话来。在星期六晚上，我们在县二轻局一楼的小会议室里，定期举办文艺沙龙。参加的人有渭波、纪辉剑、发贵、李阳、徐勇、刘绍文、曹绍炉、占飞鹏、谢克忠、陈德斌、郑一平、丁元军、吴斌，后来有几个女同志来，我记得其中有杨雪红、陈菊英、李蓉芳，另外几个，我已经想不起来了。文艺沙龙有主题，有时还举办朗诵会。我们喝着茶，嗑着瓜子，也和女同志说说笑笑。半年后，出现在沙龙的人越来越少，许多人都成双成对谈朋友去了。也有的人，再也没出现了。丁元军去读研究生，李阳去了北京。记得丁元军留一撮漂亮的山羊胡子，高大英俊，温文尔雅，迷倒了我的一个学妹。一年后，沙龙解散，吴斌去了上海，曹绍炉去了异地，纪辉剑和郑一平、陈德斌同一时间调入市区，刘绍文去了广州。

　　在那些年里，我一直把诗歌写作当作一种生活中的运动。用汪峰的话说，像诗歌一样生活。汪峰在铅山，饶祖明在德兴，我们时不时地聚在一起，骑破旧的单车，在乡村转来转去，去看一座古墓，探访村庄，访问一座古桥，在开满油菜花的田里睡觉，在河边即兴朗诵诗歌，发神经一样，对着山川河流"啊啊啊"地大喊。当然去得最多的地方是永平铜矿和长田。有一次去永平，天降大雪。我走在主干道上，灯光朦朦胧胧，呈橘红色，雪花从空中抛撒下来。吴祎华蹲在工棚里吃用铝盒烧的饭。工棚是塑料布拉起来的，铺了一张木板床，地上铺着红砖块。铝盒架在砖头搭的简易灶上煮饭。吴祎华看见我很是意外。我说："我来看汪峰，你一起去吧。""看汪峰，没有诗和酒怎么行。"吴祎华说。他从枕头底下抽出一卷诗稿，说："走，买两瓶酒去。"我说："你在工棚里写诗吗？"他呵呵笑起来，说："写诗需要办公桌吗？"到了汪峰的单身宿舍，我走在楼梯口听到了洗澡间里汪峰的尖叫声。汪峰和工友们在洗冷水澡，发出了"哇哇哇"的声音。吴祎华是我们这群人中，写诗比较早的人。他常年在外颠沛流离，做石匠、补篷布、补轮胎，没事做的时候，教别人拳脚功夫。因为会写诗，煌固乡政府安排他去文化站上班，他负责管理全乡的台球桌，但管了两个月，他还是跑去做石匠。我至今还记得他发在《创作评谭》上的散文诗《非人类》：我们是一群非人类……不记得那晚汪峰和吴祎华喝了多少酒，酒后，罗时平和胡成斌说，想跳舞。到了舞厅，却关了门，我们又回到宿舍，却没三用机。我说："这样吧，我用手捶床板打节奏，你们跳舞。"咚——咚——，咚——咚——，咚——咚——，他们东倒西歪地抱成一团，有的倒在地上，有的到门口卫生间狂吐。人散了，汪峰靠在木板床上，呕吐。我端来脸盆，汪峰像是自言自语又像是哭。他的喉咙里像堵塞了什么东西，他的身躯像一个堰塞湖。他迷迷糊糊地睡了。我靠窗，翻看他的诗歌练习册，一页一页地看。到了半夜，他起床，穿一个短裤衩，套一件军大衣，打开窗，摊开笔记本写东西。窗外是飞舞的大雪，一朵朵地飘到桌面上。不一会儿，汪峰把新出炉的诗歌给我看，是《琵琶》：

乌江是一根弦

香溪是一根弦

浔阳江是一根弦。还有一根是你的脉息

琵琶。你的琴音滚滚而来

古典的曲谱
转眼间湿成了几支冷梅

抱琵琶的女子。你的面目沉郁、细致
仿如梅花的寒香
折枝的女子。你的眼泪
到底为谁奉献了干粮或细粮
空庭向晚。玉石里的音乐绵绵若渴
手指落向大地的肩头诉说不尽的沧桑

我熟稔古代的圣贤。常常隐到一根弦上
躲避激流、险滩
琵琶的年代里。像美人命若游丝的身躯
被无情的手指戳伤正一点点消散……

一个残酷的帝王。使琵琶出了塞
一个失败的英雄。使琵琶断了弦
一个怯弱的书生。使琵琶泪湿春衫衣袖

抱起琵琶。有一种彻骨之爱旷世之恨
品相中手指沉沉若水
一挑一捻。琵琶又当别抱。今夜
让我再一次聆听江河　嘈嘈切切

　　在房间里，我一遍一遍地读诗，声音先是低的，接着高起来，大声
朗诵。窗外的雪花并没有停歇的意思，白茫茫一片。雪，是大地最薄的

一张脸，轻轻一吹，碎了。有一条河流冲垮了汪峰的堰塞湖，带来了狂涛一般的激流，席卷当时的诗歌界。他随后写出了《梅》《蝴蝶·李清照》，这些诗是江西诗歌的经典之作。

　　永平是一个江南小镇，铅河从武夷山北麓奔泻而来，到了石塘，疲倦了，安歇下来，像一匹马，疲于旅途。我们去看辛弃疾墓，去鹅湖书院，去看白菜碑，在油菜花葱郁时，去看一个叫美娥的女子。一垄一垄的油菜花，在雨水里，噼噼啪啪地响。罗时平、胡成斌、江午晖，他们都是画家，汪峰也曾习画五年，他们坐在田头，画素描，画钢笔画。星夜，我们在河口泛舟信江。站在船头，星辉散落，银汉迢迢。我们不由自主地仰望星辰，那么高、那么远。

　　我们把这种潮涌般的内心激流，一直推到长田。长田是德兴的一个僻远村子，有一个山间盆地。永乐河边长满苦竹和藤萝。雨季后，藤萝和蔷薇热腾腾地开出满墙垛的花。河在田畴间曲折地漫流，两岸的花也在漫流。我尤爱蔷薇花，一枝一蔓，顺着枝条在墙埂攀爬，花蕊霜白，花瓣是由白自妍红的渐变色。她们是大地的儿女，成群结队，在永乐河边梳洗，素面朝天。村后的小山坡上，杜鹃花艳艳地开了，一丛一丛。坡下是一个简陋的乡村校园。饶祖明居住在这里。我从班车下来，村里认识我的人，说："你又来了。"南昌的国太来了。汪峰来了。丁智来了。傅金发来了。田畴间多了一群迎风的人。

　　一九九一年至一九九四年十月，我和徐勇借住在教育局的内部招待所里。在乡镇工作的诗友也来此相聚。来得比较多的是吴祎华。他长得一表人才，随口即咏舒婷、北岛、顾城的诗。南郁也来，他刚参加工作，在线材厂上班，骑一辆轻便破旧的单车，吃很辣的辣椒。汪峰的口袋里则随时有一本软皮抄，他爱扑在床板上写写画画。谢克忠也来，但他再也不谈诗，谈气功和八卦。有一阵子，发贵和谢克忠走得很近，对气功很入迷。我去发贵家玩，他到打坐的点了，说："你坐一下，我去打坐了。"每次去他家，他都有水果招待我，苹果、梨之类的。我对徐勇说，以后我能天天有水果吃，该多好。最远的客人是赣州的三子。大概是一九九四年夏，一个星期日，我和徐勇在看电视，听见"徐勇徐勇，傅菲傅菲"的叫唤声，我探出头，看见三男一女。高个儿男子说："我是三子。"我们一下子拥抱在一起。圻子和龙天也来了。女孩子是钟婷，三子的未婚妻。晚上，我们睡在县招待所，因鲜有客人，房间有一股霉味，蚊子嗡嗡嗡地叫着，烦死人。我们干脆不睡，坐在床上，聊天到天亮。此后，赣州诗人还来了几次，我已转到市区上班，也把他们安排到县招待所住。他们的到来，成了我们共同的节日，汪峰也来，丁智和傅金发也来。林莉和邓芝兰也参与我们的聚会。在这一时期，江西的诗歌分为三个诗群，分别是南昌诗群、上饶诗群、赣州诗群，上饶和赣州，像赣江和信江，在鄱阳湖交融在一起。上饶老一辈以桂向明为尊，中生代有国太、孙家林、渭波、纪辉剑，新生代有汪峰、饶祖明、徐勇、吴袆华、腾云。林莉那时还是一个启蒙者，正在接受洗礼呢。前天，即二○一五年二月二十五日，我无意中从网上得知，一月十八日，桂老故去，享年八十有三。我默默抽了两根烟。我曾在《岸上游走的鱼》一文中写到他："这是一个可爱偏执的老头。一个活在内心里的人。一个思考生命却耽于生活的人。一个用血液喂养文字的人……"记得在一九九○年四月十八日，我从老家去上饶县城参加"谷雨诗会"，因洪水暴发，取道玉山，拜访桂老师。他穿一件发白的中山装，虽不善言辞，但眼神有穿透力。他小居室的客厅里，堆满了报刊。他心灵高洁，为人却不孤傲，对人慈爱有加。他端两个饭盒，到食堂打饭给我和潘其尧吃。他缓慢地走下矮矮的台阶，戴一顶军黄色的小帽，佝偻着上肩，往蜀柏丛走去，慢慢地，消失在树荫里，轻轻的低咳传来，像个邻居大爷。

　　我调入上饶市区是在一九九四年十月。那时，我借租在五三大道的水果批发市场的居民区。居民区毗邻铁路。我睡在房间里，似乎能感受到火车撕裂空气，——呼——呼——呼，铁轨猛烈地震颤。我骑一辆破旧的自行车穿过体育中心，沿滨河东路去上班。自行车是尤少兵送我的。这是他参加工作时，他爸爸花了两百二十元买的。他用了三年。我和张灵秋合住一套房子。张灵秋是个照相师傅，在白鸥园三楼开照相馆，但没什么生意。他爱打牌，关起店门，把浑身的气力发泄在扑克牌上。在这住了一年，我搬到单位家属区棺材坞去住了。整栋楼，差不多有一半人是单身汉。贵哥住在我对面。他是摄影部的，出门时肩上挎一个照相机，见了漂亮女孩子就拍一张。他个子不高，瘦削，很讨女孩子喜欢。一次，他叫我去崀岭头吃饭。我说："去谁家里呀？"他说："丈母娘家。"我说："你老婆都没有，哪来丈母娘呢？"他说："老婆是没有，但有丈母娘。"到了崀岭头，已是开饭时间了。桌边坐着两个女孩子，是姐妹俩。女孩子们的妈妈四十多岁，嘴巴特别甜。饭后，贵哥说："那个腿有些残疾的女孩，她妈妈想把她许给我，女孩子不同意，昨晚她妈妈把她和我锁在一个房间里，锁到天亮。"我扑哧笑了起来，说："你长得不怎么幽默，咋还遇上幽默的事呢？"贵哥说："我们两人在房间打扑克打到天亮，谁输刮谁鼻子。"贵哥在单位没待几年，跑到北京去发展了，那时他小孩刚出生不久。单位有几个人去北京办事，回来告诉我，贵哥发展很好，很活络。过了两年，他又回来了。他请江平和我等老友吃饭，江平说："贵哥不错，事业有发展，人忠厚，也不花心。"贵哥涨红了脸。贵哥小我一岁，隔三岔五，我们小聚一下。有一次，他对我说："昨晚流了一个晚上鼻血，真见鬼。"我说："你不常流鼻血，没事的，常流鼻血要注意是否患有地中海贫血。"

　　我是一个比较贪玩的人，但并不怎么爱热闹，喜欢三五个人瞎聊，吹牛，或去看电影什么的。更多的时候，喜欢一个人躲在棺材坞看书。一百四十多平方米的房子，我只有一张书桌、一个书架、一张床和一张小方桌。桌上、床上、书架上，杂七杂八地堆满了书。在长达十年的时间里，我一直订阅《人民文学》《天涯》《花城》《诗刊》《小说选刊》等十五六种刊物，睡前至少看两个小时的书。棺材坞的冬天特别冷，湿气从墙缝里钻出来，从树根里爬出来。我几乎不出门了，窝在被子里，两天吃一餐。春天雨水绵长，山坡上细细的小水流，汇集到院子里，干涩的冷杉树的针叶漂浮起来，蚂蚁顺着针叶爬。墙壁上的潮气凝结成水滴，圆珠状，挂在墙上。我对门楼上住着刘付生。他爱看足球比赛，抱着一床被子，窝在沙发里，看足球比赛。他看了不到半小时，呼噜此起彼伏。比赛完了，我推一下老刘，说："比赛结束了，睡觉吧。"他猛地一惊，说："这么快，就结束了？"我们是非常要好的邻居，夏天，我们打牌，不打钱，打通宵。他打赤膊，烟一根接一根地抽。他说，和傅菲打牌好，傅菲管烟，烟抽不完。我说，和你打牌好，你老婆管饭。嫂子饭烧好了，叫一声，开饭了。我们咚咚咚跑上去，跑得比兔子还快。煎辣椒、蒸板鸭、碎椒炒蛋，我吃得不想下桌。老刘打牌有激情，右手拿牌，左手出牌，他嘴角叼着烟，狠狠把牌甩在桌子上。一个晚上，我抄老刘十几次底。他对我说："你是个狠角色，不声不响抄底，牌打在别人痛处。"烟抽完，空了烟盒，天亮了，哑然失笑。他也不睡，躲在书房里，写小说去了。他写字快，思路顺，十五天关门在家，写一部小长篇。

一九九七年，饶祖明和国太在棺材坞小住了一个星期。我们哪儿也没去，在房间里讨论中国诗歌和江西诗歌。我们在状元楼吃饭。晚上夜深了，国太说，能不能搞点夜宵吃。我没锅没灶，一个碗也找不出来，只有喝水的杯子。我打个手电，走 500 米的路，到书院路小餐馆，提了两个钢精锅、一锅菜、一锅碗，啤酒用袋子背在肩上。我们总有说不完的话，哪怕那些话是重复说的，都说得激情四溢，唾沫横飞。在一九九四年，汪峰在五台山参加《诗刊》社第十四届青春诗会后，便很少投稿了，他的工作处于一种极度的压抑状态。他也很少出来玩了。饶祖明在长田教书时，常常上午不上课，睡懒觉，他校长要扣他工资，我跑到长田，黑夜时，把校长拉到屋子墙角，对他说："你敢扣他一块钱，我现在就把你打倒在地。"校长说："误会了，误会了。"现在想来，我当真是无理取闹。汪峰工作压抑，我心里很是难过，我打电话给他上司说："你再这样，你会声名扫地的。"他上司有些惊慌，不久汪峰换了工种，去看守电泵房。后来，汪峰像一只蜗牛，把整个身子缩在薄薄的壳里了。我打电话给汪峰，说："国太来了，你也来玩玩吧。"汪峰说："不了，省得请假。"他声音低低的，慢吞吞的语气，像一只蚊子。这是我第一次遇见他时他像蚊子一般的语气，嗡嗡嗡。我记得当年纪辉剑第一次遇见汪峰时说的话，他说汪峰的诗有痛感，有探索意味，将来会是江西最好的诗人之一。那时，汪峰还是一个背帆布工作包的郎当青年。时至今日，这三十年，我只承认江西出了五个诗人：李耕、汪峰、三子、林莉、国太。我知道，这话很伤人，更不会被认可。

后来，欣如离开了上饶。我处于一种悬空的状态。在一九九八和一九九九年，我处于一种内心极其挣扎的状态。除了徐勇，我身边的人走光了。而我两手空空。我常常莫名其妙地坐上火车，进行长途旅行，孤身一人。一个月，两个月，三个月，消失在茫茫人海。我不知道我在寻找什么，我要获得的是什么，我的一生到底是怎样的一生。二〇〇〇年，我认识了一个名叫蔡虹的女人。她成了我的妻子，她为我生儿育女，我们会相伴一生。

现在是乙未年正月初十，窗外的紫玉兰长出了紫红的花苞，红樱花完全撑开了紧裹的衣裳，柚子树发出了毛毛的细芽。又一年的新春来临。我又将老去一岁。我的青春年少时光随着二十世纪九十年代的结束而消失得无影无踪。那是一个美好的年代，是一个怒放的年代，是一个自由的年代，也是一个飘零的年代，一个被风吹散的年代。它是一个发光体，早已埋在深深的土层里，当我们拂去它的灰尘，它依然闪闪发亮，甚至可以去点亮一个星宿，让我们沉重的肉身在夜空飞翔。

亲爱的城市

　　我说的是一只乌龟。我的青苔色的城市。

　　它有厚厚的坚硬的壳（水泥的，粉尘的，压抑的，黑夜的。犹如一口倒扣的铁锅），它是僵化的，笨重的，从不知爬动。让我想起瘫痪在床的老人。而我是濡湿的，在它胃部蠕动，如蚊子一般，但最终会被它消化掉。"它怎么可能是一只乌龟呢？"一次我在办公室里谈到城市，我那患了肥胖症的同事反驳我说，"我倒觉得它像硕大的灯泡，发亮的，肿胀的，易碎的，低重量的。说是气球还差不多。"上星期我去垃圾场采访捡破烂的人，一个佝偻的老太太从窖堆里爬出来，浑身的纸屑，头上还挂了个破塑料皮，泪水滂沱地对我说："拆迁的人怎么可以把我同垃圾一起倒进坑里呢？做房子的人为什么要先埋我？这是什么城市啊！简直是副棺材。"

　　这座如乌龟般的城市，前左足是解放路，通往火车站，把人群汇聚到没有尽头的铁轨上；前右足是五三大道，有高耸的市立医院，进出的脸孔布满身患疾病的惊恐；后左足是滨河西路，像一根脐带，连接五里地外的上饶县城；后右足是滨河东路，裸露出夜间的抒情部分；带湖路则是伸长的脖子，作为娱乐的主体器官，酒楼密布，歌坊林立。

　　从解放路 67 号的家到滨江东路的办公室，我要走八分钟，中间拐过一个广场，两个报刊亭，三个超级市场。我走了四年的路线，在未来的十年不会改变。之前的起始点在棺材坞，与办公室形成对角，长边形的框内是信江。这是一条迂回的路（我青春时代的暗喻）。其实，无论是哪条线路，都是单调的，缺乏想象力，甚至是僵硬的。但我不知道，人为什么眷守于此，乐此不疲。我也曾把终点推到千里之外，奔波于粤赣铁路线，我也曾觉得那是我人生的另一种延伸，会让我飞翔得更远，但最终我放弃了试图改变慵懒生活的想法——物质没有让我更快乐，反而使我陷入更深的泥淖，内心一片荒芜。"上饶是适合人居住的城市，有澄碧的信江，乔木参天的云碧峰公园。我去了很多地方，还没发现有比那更适宜的内陆城市。"一次，我在去珠海的飞机上，遇到一个在上饶工作过的上海人，他满头白发，戴宽边的白框眼镜，对我说，"我一生最幸福的时光是在那儿度过的。"他说话的声调夹缠了忧伤甜美的回忆。

　　昨天晚上，搬家公司的光头师傅和我结账时，向我诉苦："我的肩膀整天被重物压着，想抬头看天都看不到。爬一趟六楼才一块钱。我活着就是受罪。"这个五十开外的人，穿件厚厚的旧棉外套，鼻尖悬了一滴不落的鼻水，点完钱，又恶毒地说："哪天突发地震，把房全震塌了，免得我爬楼。城市像一口井，路是竖的。"我把他送下楼，我二十九个月大的女儿聪聪就要我抱她。在我怀里，她摸我的脸，一边吃雀巢巧克力一边说："你明天带我去赣东北乐园玩，那里有碰碰船。"我说："好啊，但不能吃饼干。"她爱室外活动，爱吃蛋糕、奶油饼干、巧克力、肯德基。她会唱许多歌。她的记忆力好得让我吃惊。现在的小孩真幸福，我在十五岁以前还没吃过香蕉。
　　一辆挂斗拖拉机让我逃离偏僻的小村枫林。那里有荒芜的山峦，狂暴的河流。天翻白亮，我大哥就骑辆"永久"牌的自行车去八里地外的小镇上班。自行车龙头（换了很多副，因为我们学车时摔断了卡头，像人断了颈椎骨）闪闪发亮，三角叉剥落一片片油漆（犹如他逝去的青春），露出铸铁的老年斑，后架绑了一圈圈的麻绳。他喜欢在快速的滑行时吹口哨。他饱满的笑容曾迷倒村里的老老少少——与现在被生活折磨得整天抽闷烟的样子截然相反，我甚至找不到他忧伤的痕迹。他是个出色的拖拉机手。"明天我要拉石灰去上饶市，你们谁要去？"头天晚上，他就会向家人透露这个消息。邻家在月前就等着他进城了。那是姑娘的节日，她们从柜橱里翻出花花绿绿的衣服，爬上车斗，出发的时候，向我们"啊！啊！"挥手告别，作长远旅行似的。拖拉机（我童年的信使），它把我们的眺望拉远，把城市拉进了村庄。她们带回廉价的布料、大头皮鞋、"红灯"牌收音机、花生糖、芝麻饼。从她们的嘴里，我也能勾画出城市的形象：水泥路，骑自行车的比走路的多；没有田，电影院有我小学的教学楼那么大，门窗全安装了玻璃；杂货店一排排的看也看不完；说柔软的城里话，喜欢骂人"乡巴佬"……忘记了哪年夏天，我也爬上了车斗——我无法拒绝城市的诱惑。车上装的简直不是石灰而是焚烧的炭，我赤着脚，移来移去，想找凉快的位置，然而是徒劳的。拖拉机突突突，冒黑黑的柴油烟，上坡的时候，车斗巨大的重量把车子往后拖，像一只驮着饭粒的蚂蚁。我大哥曾说，拖拉机与腐败分子没两样，浑球大的肚，一副苍蝇脸。那天回到家，我病了，脚烫了密密麻麻的豌豆大的水泡，又因在太阳下暴晒太久而中暑。但我是幸福的，我看到了梦中的城市。它与我想象中的没有差别，我唯一遗漏的是，那儿的女人大都穿裙子，老阿婆也不例外。它纵横的街道构成时间的迷宫。

翠绿的山峦在我童年奔跑，像一匹骏马，在黑夜闪光。

"这个城市没变，还是鱼干罐头一样。"消失了四年的欣如在国泰酒店的商务厅里对我说，"不过说真的，我爱它，因为在这里可以懒散地生活。在深圳，我就是一台挣钱的机器。"欣如和我，当年亲如兄弟，在 1999 年，被生活猛烈的大风吹散。我说我不会再离开这座城市了，一个人在一座城市生活得久，满身都长它的胎记。欣如的脸依旧瘦削，右颊的刀疤包进了肉里，露出崎岖的缝隙。他个头高，瘦得单薄，一年到头只爱喝酒不爱吃饭。我没看过比他更爱酒的人。一次他喝醉了，在厕所里睡了一个多小时，他老婆还跑到街上找他。他进入醉态，也不说话，又不呕吐，直直的眼睛开始往中间挤，变成斗鸡眼。

午餐、晚餐，我都在欣如家。偶尔晓波也会去。晓波看上去有些忧郁，宽大的棉纺休闲服裹得他像个粽子。他从边远的水乡而来，为逃避痛苦的魔咒而暂时在小城栖身。"这样没意思。我们去'学英语'吧。"晓波说，"我们总要在平静的生活中寻找一些激情。""学英语"就是看外国的电影。他是极其善于在曼妙的情调中游泳的人，经常把自己弄得伤痕累累又一副轻松的样子。为了成就他浪子的理想，时隔不久，他成了渺无音讯的人。欣如家的客厅比较小，黑皮沙发占去一半。我们东倒西歪地躺在地上，用小板凳当枕头。出租碟片的小店在屋后的巷道里，那儿有缝纫店、煎炸包子店、发艺厅，因位置较偏，人影稀疏。

对于爱酒者而言，找一个酒中知己可能比找到爱人更难。

我们都不想沉默于平凡的生活——另一种牢笼。挣脱是必然的。1999 年夏秋季，欣如去了深圳。这个城市成了我的孤岛——假如我把茫茫人流看作海水，把楼房看作礁岩。我也理解了为什么有人把城市比喻成沙漠。我把电影院当作我暂时的家——虚幻的景象，灰暗的背景，散射的光线，颓废的脸庞，构成了（内心的）空城的底色。我突然发现，我多么害怕一个无人可依的城市，它仿佛是巨兽的嘴巴，山洞一般阴森。

从我的窗户往下看，是一条繁华的服装街，有几家药品店、手机超市、大型快餐店、杂货铺。人行道上摆满了烤羊肉串摊，煮玉米棒摊，水果车，煎米糕车。跪在地上磕头的，是乞讨的小孩；从夹克翻出相机兜售的，是小偷；头发梳洗得光彩照人的，是刚从美容厅出来……我的楼梯口有一个小货摊，卖些袜子、短裤、牙刷、鞋垫。守摊的是个五十来岁的中年妇女，她有些虚胖，脸色菜青。通常，她是我上班时第一个遇到的人，正从四楼往铺位搬物什，脚步蹒跚，气喘吁吁。她也是我回家最后遇见的人，看见她坐在台阶上打瞌睡。如果我抱着女儿，她会说："聪聪，叫我婆婆，我有糖。"她寡居多年，寂寞地从早坐到晚，街上流徙奔忙的脚步晃得她双眼发花。过一个街口，一个卖头饰的年轻女人迎面叫卖："便宜卖喽！亏本卖了啊！"即使有人讨价还价，她的吆喝也不会停下来。我作为路人都听烦了，不知她身边的人怎样忍受。我几次想问她，这样叫烦不烦。我没看过比她皮肤更黑的女人，像猕猴桃，声音尖细，扎条小羊辫，戴副眼镜。推车边撑一把广告伞——她的屋檐，夏天爆裂的太阳也没有使她屈服，我确信她对生活充满了热爱。前两个星期，她站的位子被蒸红薯的人取代了，我突然有点想念她，我不知她为什么离开自己运行的轨道，潜藏在另外茫茫的人海。毫不相知的人就这样轻易地占据我心灵小小的空间，很可能过不了多久又会被同样消失的人代替。

很多年的挣扎于内心（生活赋予我的大海）的狂涛中，我彷徨无望。我一直觉得自己是尘世的观察者。其实不然，我是他们的其中之一。我们根本不可能与生活抗衡。生活是强大的气流。我也学会了普遍意义上的生活——泡茶楼，打牌，钓鱼。"以前，我觉得你很痴妄。那样很累。"前两天，我的老乡汪茶英在街上看见我，说，"看样子你现在已经享受到了世俗的快乐。"不知怎么的，我谈到了俄罗斯的女神霍尔金娜——这个误坠凡间的精灵。我说，高贵的人从来停止不了痛苦。

2001 年 10 月 20 日，我与蔡虹结婚。翌年，小女聪聪出生。我安顿了下来。她们，是生命对我的恩赐——我所有失去的，就是为了空出她们的位置。

卑微地活着，是一件美好的差使。

无人看见的城市生活

　　自行车过早地在我的生活中退休了，算起来已有十年。我用过两辆自行车，一辆是乡下教书时骑的"飞鱼"牌28车，车子是我大哥在镇里赊的，一百二十元的车钱，我花了三个月还清。过了一年，我进了城。尤少兵把他的"坐骑"送给了我。那是一辆26车，他用了两年，但车架还是闪闪发亮的。尤少兵说，28车笨重，骑起来像个贩卖猪仔的人，26车载女孩子比较优雅。真是可惜，我骑了五年，一个女孩子也没载过，很是对不住好朋友的一番心意。在县城待了三年，我又到了市里。虽然在市里上班，但还是借租在县城，每天骑自行车往返。直到1995年夏，我搬到一个叫大春的朋友家居住，才结束了这种鸵鸟一样的生活。26车也结束了它的使命——我一直走路上下班。大春是搞摄影的。他也是借租的。

　　借租的地方是一栋三层民房，紧靠铁路。我们住在二楼。一楼是一个搞运输的租户，三楼是房东一家。很长的时间里，我无法正常入睡——火车声滚滚而来，洪水一样肆意。但这并不妨碍我对火车的热爱。——穿过铁路，大片大片的灌木翻卷，茅草涟涟，牵牛花一直铺到火车消失的视野里。尤其在秋天，墨绿和橘黄的色彩，堆叠在郊区这块画板上。薄暮余晖，熔化在缓缓奔流的信江，天穹下坠。秋天，乍看上去，显得有点板滞，实则它美得如此简单，一如人的本原。我经常吃过晚饭，到那片丛林里散步。弧形的天空，与不远处低矮的荒丘相衔接。火车经过，我看见一对对情侣，在晃荡的气流中，紧紧拥抱在一起。

　　暗房设在大春的卧室。它更像一个单身汉的展览室，或者说，是一张布满灰尘的静物速写：被褥还是下床时掀开的样子，床架上搭着一件芝麻花的睡衣，几双旧皮鞋不规则地躺在床底下，寂寞而无辜，靠床的桌子上有扑克牌、洗发水、摩丝、写不出字的钢笔、掉了牙齿的头梳，窗下是两个纸箱，里面是衣服、裤子，还有一些我不知道的东西，进门的右墙下也是一张桌子，有一个水盘、压手裁纸刀、15 瓦的台灯。大春就在这盏灯下冲洗照片。我从他冲洗照片的张数，可以计算出他一天的收入——5 寸的照片 5 块钱一张，6 寸的照片 8 块钱一张，7 寸的照片 10 块钱一张，底片 4 块钱一张。他在一座商贸城的三楼，租了一个小店面和一个摄影间。他以照黑白照为生。他照片的张数，每个月都在减少，有时连续几天一张也没有，这有可能是生意越来越冷清，也可能是他根本没上班。大春洗照片的时候，我就站在边上看，他边洗边教我。真是丢脸，我一点也记不住——我对许多东西是极其笨拙的，怎么教也不会，比如换保险丝，每次断了，我都打电话叫电工来修。在暗房里，我看着人在水中的相纸上，慢慢显现——这个过程，和回忆没有差别，甚至可以说，那是回忆的本质——驻足停留的瞬间，姿态是那样的打动人心，在我们孤立无援时浮现。

　　其实，我没有打算在市里居住，我的朋友大部分在十里外的县城。假如我没有回县城，晚上基本上是在电影院里度过前半夜，我把脚搁在椅子上，呼呼酣睡。和我一起酣睡的，还有大春。散场了，我跑到他家搭床。搭了几次床后，大春说："我隔壁还有一个房间，你搬过来一起住吧。"我说："我也没有什么东西可搬的，只有几件衣服和一捆书。"我一直觉得县城是我生活的一种补充，但我也说不清，到底补充了什么。它只有一条五里长的街道，两个"丁"字路口，被我的脚步翻阅了几千次。而很多人是在县城上班，居住在市里，我是为数不多的，"反向"生活的人。

和大春一起生活的，还有他年迈的母亲。他母亲饭前会祈祷，筷子摆得整整齐齐，低头，微微闭上眼睛，左手按住胸口，右手抚桌，上下嘴唇激烈地磕碰。我叫她伯母。伯母的卧室兼餐厅用，有一个外阳台，站在阳台上，可以看见乌黑发亮的铁轨。泥浆一样的阳光，通过这个甬道，喷射到我们脸上。有时候我午睡晚了，也不去上班，端一把竹椅，坐在阳台上发呆。伯母会靠在门框上，对我说："你是大春的好朋友，你要多劝劝他，三十多岁的人了，怎么还不讨老婆呢？"她个子矮小，头发斑白，脚小，走路很快，脸上爬着一层层的皱纹。我说："我已经劝过多次了，我也不知道他心里想什么。"伯母穿一件黑褐色的对襟衣，一边喝茶，一边用茶水抹头发。她又说："大春从小丧父，吃了很多苦，你多帮帮他。"伯母的生活是很有规律的，吃了早餐后，去买菜，然后回家唱颂歌，下午小睡，唱颂歌，星期天去和姐妹们聚会祷告。伯母不识字，但能够背大段的经文。她经常一个人站在阳台上，眯起眼睛，看来来往往的火车。阳台的十里之外，就是她的家。饶北河从那儿汇入信江。她已经很少回到那个十里之外的小镇。她很多次向我说起大春父亲死的情景。她说的时候，脸上有着别样的平静和慈祥。

我隔三岔五在伯母那儿混饭吃。她喜欢烧鸡排和排骨煮冬瓜片。厨房在一楼的柴火房，她烧好了，叫一声："大春，端一下菜。"她声音很脆，不像个老人。烧好了菜，她一手扶栏杆，一手支着大腿，上楼。她的身子一晃一晃，像一个搬移的草垛。大春在家里，也会去烧饭。他能烧一手的好菜。但我不喜欢。他的菜多为爆炒，而我偏爱煮汤。吃过晚饭，我和大春翻过一个镰刀状的斜坡，走一段黑白片般的街道，才会看见城市遮掩的面容——我们透过门缝（虚掩的）看见厅堂里各色人等（假如城市是一所房子的话）。然而，我们似乎没有什么地方可以去，没有哪个人家的门可以让我们敲。我们晚间徒步的路线，在一年多的时间里，没有什么改变：水果批发市场—五三大道—广场—中山路—体育中心—水果批发市场。我们的房子比邻水果批发市场，腐烂的霉味和果酒发酵的气息，被风一阵阵地赶过来。这气息还有些颓废、伤感。

晚间徒步的路线是一个"回"字形，我们不觉得单调，也不觉得有多少乐趣。我们边走边说，时不时哈哈大笑。街上的行人和我们没有关系。夏天，我们打个赤膊，把汗衫搭在肩上，油油的，身子发亮，拖一双没有跟的破皮鞋。这个城市，和我的打扮差不多。我们在影剧院的窗口会停留几分钟。那里每天有不同的海报。售票窗口里的脸，有淡淡的粉妆，粗糙，有疙瘩凸出来，轮廓像个冷花卷。回到出租屋，伯母会说："回来了。"声音有点从自来水管里冒出来的味道。我们坐下来看电视。电视是14寸的，黑白，声音响亮的时候，会呼呼地冒雪花。大春把天线斜斜地扭来扭去，在后背拍一下，屏幕又清晰起来。

那时，我们上班是呆板的，很多时间在床上度过，虽然蒙着头，眼睛却是睁开的，要不，就坐在窗前，对着一张白纸发呆。我们都想寻找一些别的什么乐趣，但又找不到。我们没有理由，但也只好如此生活。城市就像一个迷宫，我们走来走去，找不到进口，也找不到出口。直到一年后，我才完全摆脱了这样的困兽式的笼子。我搬到了单位家属区居住。我工作也发生了很大的变化——机器一样高速运转，很少有时间找大春玩，这让我怀念起那个"回"字形。

大春打电话给我说，他开了家小菜馆，有空去吃吃。后来，我去过好多次。小店开在市立医院对面，广场斜边上。小店有一个大厅、一个包间，厨房也很大。掌勺的师傅是他弟弟小春。小春比大春小两岁，一直在福建做厨师，脸黑，额宽，有密密的胡茬，不爱说话。大春把心思都放在小店的经营上，摄影店几乎处于关门的状态。

小店并没有维持多长时间，客人还没有自己家吃饭的人多。大春把包间租了出去，给别人放录像用，以减少高额房租的压力。我对大春说过几次，包给别人可以，但不能作录像厅，太扰民，风险太大。大春说："不会的，是别人放录像，又不是我放。"隔了半个月，一天深夜，大春打电话给我，说录像厅被查封了，要罚他两万块钱。我赶到店里，巡警走了。小春坐在空空的录像厅里，双手紧紧地捂住脸。还有几个民工扑在凳子的靠背上哭。大春告诉我，录像散场了，守店的小春睡不着，一个人放带子看，五个在广场挖土方的民工，也跑来看。小春收了三个人的钱，一人一块，另外两个拿不出钱，也一起看了。民工的屁股没坐热，巡警就来了。钱没罚，但店再也开不了门。

后来，有人说大春去了广州，也有人说他去了上海。我偶尔会接到他的电话，说一些近况。我知道他还在上饶。

不知道是哪年的哪一天，在南门口，我遇到了大春的母亲。她没怎么变，只是走路更慢了，视力也没以前好，快入夏了还穿厚厚的棉袄。伯母说："如果你遇见大春，劝劝他，快四十的人了，应该有一个家。"我说："好的，好的。"伯母的胸前挂着一个金属的十字架，手上提个包袱。包袱里是她给别人看的歌谱。也是那个秋天的一个星期天，我到铁路边的出租屋里找他。我站在楼下，就听到他房间里传来妇女号叫的声音。我咚咚咚跑上去，一看，是一个中年妇女和一个年轻的女子。中年妇女穿一件呢子的秋装，手上戴着戒指，头发遮了半边脸。她坐在门口的凳子上，一边用手拍大腿，一边说："你个游手好闲的穷鬼，你要娶我女儿，你会害了我女儿，你靠什么养她。"她抹了一下嘴唇，又说："你小学都没有毕业，我女儿可是读了高中的。"年轻的女子双手插在衣兜里，右眼皮有一块疤，脸上都是泪水干枯的痕迹，像一张晒干的腌菜叶。疤眼皮女子说："穷也是我选的。"大春的裤子上有脚印状的灰尘，衬衫斜斜地拉开，露出手指甲的抓痕。他靠在卧室的门框，用手摸着嘴角的血丝，一言不发。中年妇女说："那好，拿两万块钱来，拿不出了吧，两万块都没有，还讨什么老婆。"她站起来，一把扯住大春的头，往门框撞。我一把拽住她，说："你是卖女儿啊。"中年妇女呜呜地滚到地上，打起滚来。疤眼皮女子说："你不走，那我走。"

我结婚前几天，疤眼皮女子和大春还来过我家里。我们在玩牌，她在边上看。她在一个企业上班，上夜班的时候，大春就骑一辆破自行车接她。那辆车除了三脚架，其他的部件都换了，骑起来咯吱咯吱地响。我认识那辆车，它驮着我走遍了这个城市的每一个角落。其实疤眼皮女子还算是看起来舒服的，皮肤洁白，身材丰满、高挑，说话温文尔雅。

大春到别人的照相馆当了摄影师，照数码彩照。他自己的照相机都挂在了家里。我小孩的每个阶段成长的照片，都是他照的，他塑封好，或嵌好相框，送到我家里。我家的水管、灯泡、电路、锁等，出了问题，都由他解决，面对这些，我一窍不通。而他一根烟的工夫就完事了。他只读了三年的小学，他学过石匠，做过木工，修过锁。有一次，我们谈论过年这个话题时，说到小时候没东西吃，全靠过年有肉吃。我们几个从乡下来的城里人，一副忆苦思甜的样子。他一直看着我们笑，嘴巴瘪起来。他说他在武夷山做窑工、伐木，过年的时候，用脸盆架在石头上烧肉吃，住在茅棚里，天下着雨，雨水哗哗哗地落在肉里，成了肉汤。

他每次来我家，我老婆都劝他，要生个小孩，虽然没钱，但家还是要的。他说："没房子，不敢要小孩。"去年秋，大春跑到我家里吃饭，一脸哀哀的神色。他喝了几口汤，就放下筷子了，我问怎么啦。他说，那个女的，把他这几年的存款卷跑了。那个女的说，一起生活了这么多年，还是看不到想看到的东西。我也一时无语，不知道怎么安慰他。

在市里，我已经生活了十二年，但我始终没有融入这个身披水泥的地方。我不是一个清高的人，有时甚至很世俗。但我找不到通往城市的道路。它在哪里呢。也许这就是城市生活。没有门，也没有路，到处是墙。我和大春一样，除了职业和长相，没有区别。我们苦苦挣扎，又要获取什么呢？我这几年，很少出门了，除了上班，就是回家陪妻小，偶尔写点"豆腐块"似的文章，有好几次，我想外出挣钱，但最终还是放弃了。我像老人一样，过着简单的生活。我知道这样的生活，也是暂时的，是行军路上的休整。生活虽然让人很容易疲倦，但我们都必须好好生活，因为生活从来就没有退路，没有可以躲藏之处。

第三辑　伤感的美学

火车多重奏

　　……泪水。挥别的手。蓝色的方巾。蒙蒙细雨。火车让我想起灰白色的站台，那是出发和告别的地方。那是南方小站，灰色的拱顶与瓦蓝的天空融为一体，不远处是馥郁的菜地，散落的暗红的房舍让大地显得空旷和寂寥，狭窄的铁轨把远方从心房带走，把握紧的双手分开。小站的围墙粉刷了一条红色的标语"切勿横穿铁路，小心火车"。雨在火车停靠之前，嚓嚓嚓地划伤天空的肌肤，雨滴就像蓝色的火苗，冷冷地燃烧。站台上稀稀拉拉的人群，被惆怅的气氛笼罩，眼前的一切变得渺茫。他们有的作临别长谈，有的独自翘望空落的远方，有的忙于购买食品，有的悠然抽烟。"火车怎么还不来呢？一生中有太多的时间用于等待。等待对于生命来说有什么意义呢？"一个背挎包、戴黑框眼镜的人一边嘀咕，一边来回踱步，他的神情中弥漫着年轻人少有的焦虑，看样子，时间作为一种"病毒"已经严重侵害了他的神经，他的内心在旋涡中挣扎。其实，等待是一种瞭望的姿态，出发是为了瞭望得更远。山冈的拐弯处传来哐当哐当的火车声，巨兽一般让整个世界掩埋在它的咆哮之中。继而，火车如洪水喷涌而来。这钢铁的巨兽，在速度中获得力量和生命。人群往站台和火车的边界点跑，小贩也挤到火车的窗口。小贩有的一手提开水瓶，一手拎方便面，有的推着食品车（车上堆满快餐、方便面、茶叶蛋、扑克牌、杂志、矿泉水）在吆喝："看一看再买啊！

有好吃的啊！矿泉水五块钱一瓶。"声音绵长悠扬。小贩大多是妇女，穿青蓝的长褂（衣襟积淀了黑黑的油垢），手中攥着一把零钞，脸上柔润的光泽被灰尘遮蔽。生活轻易地掠夺了人的激情和活力，体内的马达不经意间熄火。一对恋人拥抱的身躯伴着泪水的奔流，女生穿海洋底色镶白花的连衣裙，眼神有点迷离慌乱。"你不要让我在等待中老去。"她说。事实上，拥抱着她的人要去一个千里之外的城市工作。

我熟悉那个小火车站。在郊区，蔬菜地和养殖场构成了我少年时对城市的观察台。我出生在僻远的山村，村里只有一条沙石公路通往百里之外的小城。贫穷是可想而知的。我被奶妈抱养到四岁。大片的稻田和连绵肃穆的群山使我的记忆里充满了植物迷人的气息，醇厚，氤氲，温暖，苍翠。十岁那年，奶妈迁居到郊区。搬家的大货车上挤满了五斗橱、矮柜、饭桌、板凳、木架床、躺椅。妈妈见车仓里还有屁股大的位置，对我说："你跟奶妈去吧。"一路上，春季的雨编织了我最初背叛乡村的梦想。我透过车缝看见城市低矮的灰色的天空，还有呼啸而过的火车。火车撕裂长风的声音让我战栗。

奶妈家坐落在小火车站旁，凹陷在一片高大的樟树、桉树之中，遍地都是葱茏的蔬菜和银白色的养殖场。铁路的右边是浩荡的信江，左边是岩石块垒成的房舍。我看见的火车以排山倒海的气势对时间和空间进行了掠夺，与我年幼的瘦弱的身体形成巨大的反差。它飘忽的影子是生命的缩写，也是终极。我感到我的内心无边的旷阔。我天天在铁路上玩，提竹编的小篮，捡拾抛落的活性炭、煤块、塑料瓶。铁轨在身前身后无限延伸（在同样延伸的人生道路上，人作为移动的点，渺小如蚂蚁）。一个少年的怅惘是这样形成的：火车终究要去哪里呢？它日夜奔驰到底在追赶什么？

傍晚，奶妈就会带我去铁路散步，绯色的云霞浸染了信江，墨绿的山冈多了一些抒情的色调，树林里的村子升起缭绕炊烟，暗藏神秘和忧伤。奶奶个子矮小，喜欢穿靛蓝的短袄，把瘦小的脸映衬得灰暗（她其实是个很开朗的人），也把她困苦的生活展露无遗。我想我对火车已经入迷了——它扑面而来的阴影，它轰轰隆隆的咆哮，让我着迷疯狂。奶奶给我讲了许许多多有关火车的故事，她和蔼的微笑让我至今怀念。但她从未踏上过火车。火车从未进入她的生活，这是一件多么残忍的事——其实火车离她非常遥远。人生又何尝不是如此呢？

那个淫雨霏霏的春天，我目睹了人生第一件死亡事件。奶奶的一个邻居，因抗拒家庭对婚姻的干预，和她的爱人卧轨自杀了。铁路是他俩相识的地方，木槿吐出花苞，野草爬满山坡。现场是悲烈和凄惨的，哭声响彻四野。而火车仿佛什么都不曾发生，年轻的生命也不能阻止它的奔跑。村民很快淡忘了这个事件，忙于种菜、割草、喝酒、铲煤。而它留给我的阴影是如此的巨大——我开始明白，有一个黑洞从出生时就等待我们，它的引力越来越大，最终带来无法穿透的黑暗。这也是我活得简单的初衷，人永远不能深究晦暗的奥义，没有什么比生命更值得眷顾。

很多年之后，我经常深入火车的内部。坐在蛇皮袋上打瞌睡的是民工，他的头发像野草一样散乱，歪扭的身子随着车厢的晃动而晃荡，他短暂的睡眠让他回到一个柔软的怀抱——梦中越来越近的故乡已渐行渐远，前方的路途扑朔迷离，他也成为被省略的未知数。围在桌旁打牌的是散漫的人，他们嘴巴叼一根烟，地上是零乱的烟头和食品包装纸、易拉罐，寂寞就像饥饿一样让他们难以忍受，他们一边说笑一边喝茶，把火车当作一间会奔跑的茶楼。靠在车窗旁、怀抱小孩的女人，忧心如焚，泪痕如辙，她浑浊的眼神犹如苍茫的河流，睡梦中她喃喃自语："医生！医生！快救救我的小孩。"各色方言散在火车上的各个角落。一个打盹的中年人突然嚷嚷："过站了！过站了！为什么不叫我下车？""亲爱的旅客，到了用餐时间，用餐的旅客请到8号车厢。"旅客听到广播，有的挎个小包往餐车走，有的捂紧衣袋扑在桌上假寐。"厕所的门怎么打不开呢？"一个旅客向乘务员反映。豆芽般纤瘦、脸上长满暗斑的乘务员，从腰间摸出钥匙，打开厕所门，见里面一个年轻的女子坐在箱包上，对她说："厕所怎么可以成了你的单间呢？""我实在站不住了，我有身孕。"女子羞愧地说，在众人的目光中她的脸涨得通红。天完全暗了下来，车窗外，橘红的灯光星散，飘忽而过，推倒的山影加深黑的深度。火车仿佛进入时空的隧道，在一片无法感知的漂浮之地飞翔。车内的灯光荡漾起来，呈现出迷蒙暗伤的色调。卧铺车厢里，有人在喝啤酒，有人在暗自伤神。有人咳嗽，有人望着漆黑无边的窗外。

遥远的旅途，衍生的向内部分是宽广的孤独、坚忍的苦行。一个追寻遥远的人，像在抛物线上滑行，他渐渐发现内心的风光永远比旷野迷人。火车所不能到达的，双脚将到达。火车在城市与城市之间往返，在站台与站台之间游走，它是漂泊的代名词。"每次坐火车，我就像在潜泳。周遭的生活让我疲惫不堪，有时是折磨，而火车把我从庸碌的生活中拯救出来。"一次去广州的路上，邻座跟我谈起了火车，"从生活中挣脱，潜泳到陌生的人群里，感觉非常美妙。"

"逃遁的火车"，这是宿命般的断裂句式。火车里的人隐藏在自身的阴影和孤寂之中。这很容易使人想起海上的岛屿和漂浮的帆船。它还让人想起荒地里的屋宇——窗外的田野河流树林，平坦的屋顶，狭窄的门，一群即将外出的人。他们彼此照亮，交谈，倾诉，聆听，争吵，吸引。他们在自身的不断分裂中不断凝聚。火车完成了对众多命运的承载和搬运。在几年前，我曾一度疯狂地远行——极力摆脱生活对我的掌控。我心力交瘁。我厌倦了各种脸孔和道路的纠缠。我背一个墨绿的、肥大的旅行包，穿一身牛仔服，像个浪子——这与我平时衣冠楚楚、谨小慎微的样子形成极大的反差。路线一般是：上饶—广州；上饶—上海；上饶—福州。我不觉得那是旅行线，而是我逃亡的纵深腹地。那样的状态更像患了周期性的生活厌弃症——差不多三五个月，我就会对自己的海域（活动空间）产生深深的恐惧，我变得暴躁、焦虑、多愁。远行一旦成为嗜好，吸附在体内，就会定期发作。炒田螺、熏豆干、鸡爪，是我上火车之前必须准备的。远行就是品饮孤独的盛宴，我不能让它过于潦草简单。

火车（轻轻晃荡的时候，你是否会想起摇篮？）仿佛是移动的庙宇：模糊的，不可触摸的，宁静的，纯粹的，（让我们的内心）充满神性。火车把许多东西遮蔽了起来，比如距离，长度，撕裂的风，无形的巨浪，盲眼的观察者。我们读到了鲸鱼拱出海面的喧哗，夕阳缓慢地奔跑，拼贴的（杂碎的）风景画。它的冷漠习惯把人抛向千里之外的寒风中。有时，它把声音也隐藏在胸腔里，好像胸腔埋着所有的愤恨，会在一瞬间霹雷一样爆发。有时，它以义无反顾的奔跑代替铿锵的言辞。

厚厚的玻璃，锈迹斑斑的铁板，霉烂的皮垫……在拆解工地，到处横陈着火车的骸骨。它们的忧伤显得那么无辜，与废弃的车厢，硕大的塑料棚，以及悬浮的灰尘透亮的光线，构成了时光苍凉的景象，尤其在荒芜的秋天的傍晚。我终究不知道是什么赋予了火车以生命。火车在它自身的速度和时间的对抗中消失，而沉默的呼啸声在耳边回响——这是什么在虚无的时光的铜镜里浮现？

坐 K1585 次列车记

下午四点，事办好了，又没人和我玩，想想还是回上饶。南昌至上饶高铁一小时就能到达，坐大巴和普通列车三小时就能到达，非常方便。朋友建议说，这里离南昌站近些，坐下午六点五十分的九江至上海南这趟火车，方便一些，不担心没票。我办了退房手续，即往火车站。

南昌火车站还是老样子，灰扑扑的，像一只鸵鸟。到购票处，见里面乌压压的一群人，溽热。我排队，看着墙上一排红红绿绿游动的电子显示屏。排了半个多小时，轮到我，我说："去上饶。"售票员回复我："二十一点三十三分有站票，是武昌到温州的。"我又问："九江至上海南这趟呢？"售票员说："最近一趟车次的最后 1 张站票，刚刚卖完了，二十一点三十三分那趟车有站票，最后两张，要不要？"我把钱塞进窗口，说："要一张。"

出了购票处，我看了看车票，是 K1585 次列车。天下起蒙蒙细雨，云块一团团盘踞着，厚厚的，黑黑的，像一块冬天抽干了水的泥塘，倒扣下来。廊檐下，站了好几个躲雨的中年人，他们缩着身子，有的抬头看天，有的低头看地上滚落的水珠。我到了二楼二号候车厅，里面全挤着人。我听到广播：重庆到宁波的旅客请注意了，列车马上要进站了。我进了候车厅，见要检票上车的人马上排起了队，便找了位子坐下。我扫了一眼大厅，有两个长队，候车厅里的座位全坐满了人，过道和门口也全是人。我熟悉这样的环境，也不再多看。我打开刚刚在书摊买的一本书，慢慢看着。

　　二十点四十七分，书翻完了，我便把书借给身边一个大学生模样的人看。一个妇人走过来，问我要买凳子吗。我问买凳子干吗。妇人五十来岁，拎一个布袋子，布袋子里有七八个小凳子。小凳子是合金的，空心，凳面是尼龙网，可以收起来。妇人说："火车上坐呀，方便。"我说："那你一天能卖一百个凳子吗？"妇人笑起来："能卖五十个凳子就不错啦，你想买凳子吗？你不买凳子，买充电宝吗？"我说："那你卖充电宝，能卖几个呢？"妇人叫卖道："卖凳子，十五块钱一个，卖充电宝，真货。"她边吆喝边走了，一只手拿充电宝，一只手拨开人群，手伸出去，身子再挪过去。一个矮矮瘦瘦、有稀稀胡茬的小青年，站在我边上，背一个小包，一手拿凳子，一手提笔记本电脑包。我说："你学校放假了？"他的眼球在眼镜后面转了两下，说："放假了。"我说："学什么专业的？"他说："学会计，但我觉得老师讲的知识对我来说没有用，我不想读了，想去打工，反正毕业了也是打工，工资也只有两千多块钱。"我笑了，说："知识都是有用的，没有用的是没学到知识，却以为自己学到了知识。"他笑了，说："我父亲做石匠，养一家人，我以后做会计，不一定能养一家人。"我说："是呀，你父亲做石匠是出师了，你做会计出师了，你能养十家人。"他说："那会计出师要多少年呢？"我说："聪明好学的人，得二十年吧。"他嘟囔道："能不能再活二十年都不知道。"

　　检票处的电子显示屏滚动播放着一条字幕：K1585 次列车晚点 12分钟。但大家还是站起来排队，等待检票。

　　二十一点二十五分，电子显示屏滚动播放着一条新字幕：K1585 次列车晚点 30 分钟。一个人说："鬼扯！就知道晚点，怎么不提前来呢？"另一个人说："提前开，有坐不上车的人，怎么办？"一个中年妇女说：

"晚点怕什么，我们有的是时间。"一个声音粗哑的中年男人说："火车可以晚点但不赔钱给我们，所以火车可以晚点。"中年妇女说："怎么赔？每个人时间的价钱是不一样的，赔多赔少大家有意见，不如不赔。"学会计的学生说："把火车晚点的消息放到网上去，让铁路局局长看看。"声音粗哑的中年男人说："他看这个干什么。"

二十二点五分，检票处的电子显示屏上又更新了一条字幕：K1585次列车晚点4分钟。学会计的学生说："再不会晚点下去了，人的耐性是有限的。"我说："还会晚点的，这是心理学上的问题。"二十二点十五分，电子显示屏上又更新了一条字幕：K1585次列车晚点14分钟。

二十二点二十七分，开始检票。也不是检票，车站检票员打开栏杆，人一下子，全涌了进去。相当于水库放水，蓄水太深，闸门打开，水奋不顾身地冲出来。

上车后，我到餐车门口，问乘务员："餐车里有饭吃吗？"乘务员说："有饭但没法吃了。"我说："为什么？"乘务员答："餐车的地上都坐满了人，人进不去。"我也是想在餐车点几个菜，慢慢吃，吃完到家。我走到四车厢，四车厢门口堵了七八个人。乘务员叫道："里面的人快进去，不然，旅客进不去了。"乘务员四十来岁，头像一个陀螺，脸门很窄，她用手把堵在门口的旅客推进车厢。旅客又进去了四个，还有四个在外面，包括我。乘务员叫："往车厢里挤进去，里面很空，可以站很多人。"我进去了。乘务员推我，再挤挤。我头转动了一下，周围全是脸。乘务员进来了，说："你们不进去吗，不想火车开吗？有小孩的把小孩抱起来。"人全进来了，车门关不起来。乘务员又说："挪挪屁股，车门就可以关了。"

门刚关上，门边各站了一个小孩过去，一个十来岁，一个四五岁。十来岁的小孩是个女孩，紧挨着的是一个妇人，三十多岁，坐在一个结结实实的布包上，手抱成一个圈，头埋在圆圈里，露出一个头发乱蓬蓬的脑袋。四五岁的小孩，我看不出是男是女，看脸型像是男孩子，看头发又像是女孩子，坐地上睡觉。紧挨着小孩的，是一个三十多岁的男人，穿白衬衣，外穿一件藏青工作服，也坐在地上睡觉。一个看起来五十来岁的妇女把手叉在车厢的两壁，刚好把这四个人隔在车侧门过道里。中间过道连着两扇门。紧挨着坐在布包上睡觉的妇人的，是一个男人，二十七八岁，一只手举着一个凳子，一只手扶着过道右后门门角，伸直了身子。他戴一条粗粗的"金项链"（我怀疑是二十块钱一条的那种，项链有一部分褪色了，灰白的合金露出来）和一条粗粗的手链，穿白色的汗衫。我靠在左后门门角，车子开动，车厢摇晃起来，磨蹭着我的脊背，很舒服，像抓痒。我的左边是另一侧门的过道，我的腿边，坐着一个男人，肩胛骨粗壮，整个头都埋得很低，只露了一个圆圆的脑壳出来。他的头发粗直，像松叶针一样，头发短，黑白间杂，穿紫黑条纹相间的汗衫，肩膀两边的布料，离纱，有缝隙，露出呈黝黑色的皮肤。和他并排坐的，是一个男人，三十来岁，拖鞋垫在屁股下，头发估计有三两月没剃了，软塌塌的，有一些粉尘，他的一双脚架在对面的墙壁上，脚趾又粗又黑，指甲缝里都是污垢。他抽着烟，用手滑动手机屏幕看上面的内容，不时大声地、肆无忌惮地笑。他的脚右边是一个很大的黑色塑料袋，鼓鼓的，不知道里面塞了些什么。塑料袋边上，有一个五十多岁的男人，矮墩墩的，靠着前门左侧角，正好和我面对面。他把手抱在下腰，穿一件黑圆领衫，脖子粗粗的，脸有粗粝感。前门右侧角，站着一个二十来岁的女孩子，穿高帮绑带黑皮鞋，裤子是黑牛仔裤，把腿绷出了线条。她穿了一件白色的线衫，网状的，外披一件红色的斜领线衫，针织的；头戴耳机；左手托着手机，讲英语，边讲边笑；右手拎着一个手提包，扶着她人造革的拖箱。拖箱靠在一块有半截玻璃的门上，门上有一行铝合金钉进去的字：电房危险，闲人勿进。拖箱边上的，是一个凹进去的空间，我刚好可以看见两个挂在墙壁上的灭火器。

在这个凹进去的空间里，站着一个二十三四岁的女孩子，露出半边身子，背一个鼓鼓的布包，胸前抱着一把小提琴。她有些胖，圆脸，眼神里透露着一种童真。拖箱的对面，是一个二十三四岁的男人，戴眼镜，坐在他自己的黑色拖箱上，在看手机。

我的右边过道站了一个三十七八岁的男人，身材高高大大，手很粗，像一根圆木头，手臂上有一个蜘蛛文身。他穿一件蓝黄条纹的汗衫，汗衫上有一股浓烈的汗味。他的脸上有一种长期在工厂里干活才有的、缝隙一样的皱纹，他手上拿着一叠报纸。站在他对面的，是一个剃光头的男人，四十来岁，穿一件短袖的蓝色工作服，扣了一个最下边的纽扣，肩膀结实，胸肌发达。他的工作服上有两个白色的字：邦辉。他一只手抱着一条草席，另一只手撑着过道壁顶。

列车开出一刻钟，车上有了第一个人讲话。讲话的是拿报纸的人，他说："浪费两块钱，还以为可以把报纸铺开睡觉呢。"接他话的人是拿草席的人，他说："从家里抱草席来，倒了两趟车，也没找到地方睡觉，我们换一个车厢看看。"拿报纸的人说："你先去找，找到地方睡觉了，打电话给我。"抱草席的人往后面一节车厢，即第五车厢侧身，把脚抬起来，跨过一个蹲在地上的小孩。抱草席的人挪开身子后，举凳子的人把手放下，侧身，坐了下去，长长地叹了一口气。

双手叉在两壁的妇人，说："小孩真可怜。"那个十来岁的小女孩，一直站着，看着门外。门外黑魆魆的，雨噼噼啪啪地打在门玻璃上，雨珠溅散开，一圈圈的波纹被风吹得变形，瞬间没了。雨滴像沙子，敲击门玻璃的声音尖利。小女孩穿一件有绒边的衬衣。我说："这趟火车上有很多小孩。"妇人说："放暑假了，大人带小孩去聚聚，一年难得和小孩见几次面。"我说："你是去帮你儿子带小孩吗？"她不好意思地说："我小孩才八岁。"我说："你双手叉起来，像个门神。"她哈哈笑起来，说："做工的妇女熬夜多，我是不是看起来特别老？"我说："那也不是，你的家底肯定殷实，你家庭责任感比别人更强吧。"

站在我对面的男人，说："最讨厌的人又来了。"我侧过头看看，一个推车卖货的女服务员来了。推车上是矿泉水、饮料、瓜子。女售货员四十七八岁，矮矮胖胖，叫卖声特别悦耳："买饮料了哈，买瓜子了哈，让让道了哈，抬抬腿了哈，侧侧身了哈，让我过过了哈，麻烦大家了哈，我是为大家服务了哈，有需要说一声了哈，拜托了哈。"举凳子的男人站起来，又举起凳子。拿报纸的男人吸口气把肚子收进去一些。他们刚好空出推车位。坐在布包上睡觉的女人把头往后仰，继续睡。我把上身左斜，刚好空出一个车位。我问售货员："你的叫卖声怎么那么长？是我听过最好听的叫卖声了。"售货员说："不吆喝那么长，大家都动不了身子，人没法过，那么多睡着的人，有一个人不叫醒，车子都推不动。"我问："从车头推到车尾，要多长时间呢？"她用右手翻上来，是四，翻下去，是五，说："至少四十五分钟。"我说："那你一天来回推几趟呢？"她咯咯咯笑起来，说："你这个人真有意思，看你也不像是要来应聘卖货的。"

从四号车厢走来一个十二三岁的男孩子，左手拿一个方便面的盒子，盒子里全是汤料。他往四处看看，又走回去。也不是走，而是分开两边的腿，挪回去。门神一样的女人说："小朋友，你可以把垃圾扔在座位底下。"小男孩回头，冲她笑了笑。

我看看手机，列车已开了七十五分钟。抱草席的人回来了，对拿报纸的人说："走了七八节车厢，都找不到铺草席的地方。有几节车厢，比这里还挤。"拿报纸的人埋怨说："那你怎么去那么久？我还以为你有好地方不告诉我呢。"抱草席的人说："你不知道，走七八节车厢，比爬山累多了。爬山我还可以跑，可以蹲下来休息，在这里蹲不下去、跑不起来，我宁愿去扛四包水泥。"

抱草席的人回来了，举凳子的男人再也没地方坐，又把凳子举起来。我对举凳子的男人说："我给你二十块钱，把凳子给门边上的小女孩坐。"他转过头，看见那个小女孩站着打瞌睡。他推推小女孩，把凳子给她。小女孩屁股一坐在凳子上，就睡着了。我翻开钱包，找找，没二十块钱，给了他一张五十块的人民币。那男人说："我不能要，大家在这里，是缘分。"我掏出一包烟给他，说："那交个朋友吧，烟你一定要拿着。"他说："那怎么可以。"我说："你不收，说明你不想交我这个朋友。"他接过烟，摸摸烟盒，扯开，给周围的每一个男人发了一根烟。发完烟，他问："厕所在哪边？"大家前后看看，矮墩墩的男人说："在你后边。"他转转身，又靠在门角上，可能人太多，厕所门很难打开。我说："鹰潭快到了，会停车的。"有四个人同时问："开哪边车门呢？"我说："要列车停下来，才知道。"我又随口补了一句，"可能开左边的车门吧。"我不想右边开门，因为那里睡了两个小孩。发烟的男人，转过身子，探头看看左边的车门。我看见他的汗衫背后有一行红色的字"中国梦，我的梦"。我问他："你这衣服哪儿买的？"他说："厂里发的，一人两件，质量挺好的，厂里定做的，三十五块钱一件，算是福利。"我说："那你单位比我单位好，我老板是欧也妮·葛朗台。"他问："你老板是外国人？"我说："我的老板是德国人。"

　　讲英语的女孩子，手撑着拖箱，闭目养神。披在身上的外套，落在一边。我把她衣服捡起来，搭在她手上。她眼睛睁开，说："谢谢。"我说："你衣服套在前面穿，这里是通风口，风往下吹，正好吹着你，你容易感冒的。"她把衣服套在前面穿，说："还要坐七个多小时，真难站。"我说："是难站，但也不是坏事，站几次，对你以后生活有太多的好处。"她看看我，微笑了一下，又开始闭目养神。我想起自己二十世纪九十年代中后期，经常坐这样的火车，去很远很远的地方，后来就再也没坐过了。我非常喜欢坐火车，它带着我跑，跑得我不知所终，又把我带回来。它带我去的地方，我称之为"天堂"；它带我回来的地方，我称之为"人间"。

　　鹰潭到了。乘务员用一张铁皮壳，击打过道的铁皮墙壁，嚷嚷道："鹰潭到了，鹰潭的旅客快点出来。"身边五个人，不约而同地问："鹰潭有几个人下车？"乘务员说："我哪知道呢，要下的都会下。"列车停靠到站，乘务员两边看看，对左边门的三个人喊："快起来，要开门了，你不起来，开不了门。"

　　三个人呼呼呼地起来。乘务员说："往后面挤一挤，门才能开。"人全挤在过道里。门开了一半，开不了。乘务员喊起来："谁力气大，把这个栓子拔开。"矮墩墩的男人，把栓子拔开，说："哪个人把栓子弄歪了。"

　　门打开，下去了四个旅客，上来了七个旅客。门神一样的女人说："怎么进来这么多人？""鸡腿，上饶鸡腿好吃，买鸡腿。"站台上，一个清清瘦瘦、个子高高的男人端着一个泡沫箱，往车门口探头。他递了一桶方便面给乘务员。乘务员还给他，说："天天吃这个，看见都想吐了。"他继续叫卖道："上饶鸡腿好吃，快来买呀。"一个旅客说："这里是鹰潭，怎么会有上饶鸡腿，肯定不正宗。""你刚上来，不能占我位子啊。"不知道是谁说的。

　　乘务员关了门，说："下一站上饶，上饶的旅客站门口。"我扫了一眼，人员基本没变，站着的，蹲着的，睡着的，也基本各就其位。唯一的变化是多了两个人。一个是打赤脚的人，脚没地方搁了，正想搁脚的地方站下了一个五十多岁的女人。这个女人染黄头发，戴项圈一样的金项链（我估计也是二十块钱一条的，有一节断了，用其他金属环扣起来），穿艳艳的麻布裙。打赤脚的人选择靠墙站，还在玩手机。我靠着站的位子，给了一个六十多岁的老汉。他有一个蛇皮袋，鼓鼓的。我只好站在四扇门的十字交叉点。矮墩墩的男人从黑塑料袋里翻出一个凳子，坐在离我不远的门角下。车子开出十几分钟后，一个卖充电宝的人来了，他个头比较高，他把装充电宝的篮子顶在头上，叫卖道："卖充电宝，是假货就退货。"到门口过道的时候，他半蹲身子，一只手扶篮子，一只手撑着车厢壁顶，说："最后卖一趟，大家看看。"

六十多岁的老汉，穿一双鞋头裂了的凉鞋，圆领衫是灰褐色的，领边的线脱了几圈。他有一张饱满的脸。

雨一直敲打着门窗。

车里的人差不多睡迷糊了。偶尔有人借道而过，大家会起一下身子，但要不了一分钟，人们又恢复原来的状态。这时，我看到了四号车厢、五号车厢的全景：昏暗的灯光下，车厢里都是密密麻麻的头。

哐啷哐啷。哐啷哐啷……仿佛没有尽头……仿佛天忘记了发白……哐啷哐啷。哐啷哐啷。

雨滴像铁水，凝固的铁水。哐啷哐啷。哐啷哐啷。

上饶站到了。凌晨一点四十七分 K1585 次列车到站。一路上，我没上厕所，其他人也很少上厕所。两个女售货员各来回两次。卖充电宝的男人，来回三次。有一个妇女买了两个鸡腿给小孩吃。那个四五岁的小孩始终没醒过。她身边的爸爸也一样。前后左右过道的人只有八个人说过话，还有一半多的人，一句话也没说。有二十三人接开水泡方便面，有四个人接开水喝。有十七个人借道来回。有五个人的姿势始终没换过。没有小孩哭。举凳子的男人，蹲下，站起来，站起来，蹲下，一共四十七次。有三个人抽了烟，我抽了一支，矮墩墩的男人抽了一支，打赤脚的人抽了十三支。我是本车厢里唯一没睡的人，我一直盘算着，什么时候带我女儿来坐一次这样的列车。

火车，与远方有关的爬行动物

"火车，对远行的人来说，它是一粒穿过胸膛的子弹。"徐先生这样对我说。他靠在大观园茶楼的沙发上，手上夹一根烟（有很长的烟灰，像一个不忍脱落的旧梦）。他是一个职业经理人，常年在外漂游，对于旅途，他比我有更多的话语权。他一边说，一边用手按着脾脏的位置。他在 1997 年做过脾脏手术，伤口处的刀疤还在，只是红褐色的条缝渐渐模糊。他说："当我靠在车厢里沉沉入睡，我觉得我是一个受伤的人，驮在马背上，任马任意地奔驰。颠簸，不是你想象的那样枯燥乏味，它可能是劳累的，但充满了生趣。没有人比坐火车的人更能了解生活、深入社会。你见过那样的场面吗？在一个偏远小火车站，会出现这样的场景——火车还没有完全停下来，人群就跟着火车跑，追着车门。有的人挑着担子；有的人提着一袋水果，突然袋子破裂了，水果散了一地；有的人边咬甘蔗边跑；有的人一边拍车门一边骂人。火车是一双巨大的鞋子。挤火车，那是一个激动人心的场面，南迁北返、悲欢离合。"他继续说："对我而言，火车是生活的一个缩影。你想想，我在火车上度过的夜晚，比在房间里更多。火车是人的十字架。"

火车，是一个有关远方、旅途的爬行动物。

有一次，我在上饶县城参加聚会，大家谈到了"远方"这个话题。我忘记了大家说了一些什么，但对我外甥女赵娟说的一句话印象特别深刻。她二十来岁，很时尚的一个人，她的话让我吃惊："我心里难过的时候，就一个人到火车站候车室坐一坐，看看那些人，我什么事都会想开了。"火车是慢慢到来，又慢慢消失的，而候车室永久地坐落在那儿，像一个马蜂窝，或者说，像一个没有表情的躯壳。候车室把分散的人群聚拢。

1998 年以前，上饶火车站只是一个四等小站，到处是煤灰，有石棉瓦的候车篷，人不多，雨天的时候，雨水会从篷面上，四处滴漏，发出哗哗哗的声音，像一个古代的驿站。它的背景是一种灰暗、疲倦、苦旅的铅色。后来火车站改造翻新，外观像一个群众歌剧院。改造后的车站有三层，一楼是茶楼、娱乐室、录像厅，二楼是售票厅（右边）、候车室（左边），三楼是行政办公室（左边）、候车室（右边）。站前有一个现代广场，广场上有各色人等，他们衣着光鲜，口若悬河。是的，这些人是专门为美容厅、简易招待所拉客的，拉一个客人可以拿 20% 的回扣。他（她）跟在下车旅客的身后，说："住招待所吧，有空调、电视，豪华房间，50 块钱一个晚上。"一边说，一边拉扯旅客。而骗子也会选择广场。骗子制造多人围观的热烈气氛，不识局的人一头扎进去，身上的钱会被骗光，假如赢了，则会招来暴打。

也许你会说我思想老旧。我一直不喜欢火车站这个浑身涂满油漆的"兽"。它多多少少有些怪异，至少不应该与"旅途"这样孤独的字眼联系在一起。旅途是简单的，而一夜之间改变的旅途（假如火车站是旅途的一个象征）结构，使一根游向远方的线条变复杂了。在我的印象里，旅途与远方，是一幅铅笔速写画：在山峦或平原炊烟间蜿蜒的铁轨，肋骨一样的枕木，火柴盒一样的车厢，简易站台上拎着旅行箱的女青年。火车让我们的生命奔跑了起来，让我们不断地扔下身后的路，扔下与具体生活休戚相关的东西。朋友江子有一次和我谈论火车时，他说："火车其实就是宿命。"我以为，火车是一个人卧倒的姿势。

　　而候车室把远方收了回来，让远方作简短的停顿——候车室像一个玻璃瓶，里面装了一群蜜蜂，发出嗡嗡嗡的声音，慌乱，近乎疯狂、盲目、焦灼。在候车室里，有人在打瞌睡（其中一个肥胖的人还打呼），脸上布满梦的痕迹；有人站在电子大屏幕前，焦急地看手表，估算火车到来的时间；有人提着蛇皮袋，背着旧棉絮，东张西望；有人突然惊叫起来："刚刚谁偷了我的钱包！"不锈钢栏杆内，两个穿天蓝色铁路制服的妇女说："K112 次列车马上就要进站了，上车的旅客请准备检票上车。"有一部分旅客马上站了起来，涌向检票口，仿佛是拱出海面的鱼群。同样的铁轨把人带向不同的远方。

　　我第一次坐火车，是在 1989 年的夏天，毕业分配单位还没有确定下来。我第一次离开上饶，前往省城南昌。父亲给了我 50 块钱。和我同去的还有余书仁。他是我同届同学，也是邻居。离开一个地方是要理由的。我对父亲说，我想去南昌找事做，哪怕是干体力活。我没说完，就忍不住笑了出来。我从小到大，也没挑过 80 斤的担子。事实上，我在南昌待了五天，就打道回府了。我找到《江西法制报》的副刊编辑赵文明，他曾经给我发过两个整版的小说。他的办公室在冶金厅里面，阴暗潮湿，从梧桐树透过来的光线，照在他脸上，有些滑稽，像一张肮脏的纱布。他请我们吃了晚饭，我们就走了。我们又去了郊区，找到一个叫西山的军营。我表哥在那儿当事务长。我是第一个看望表哥的亲戚，表哥这样说。他喜出望外，像养猪一样，请我大吃大喝。回到家里，我口袋里还有 42 块钱。第一次出远门，我发现自己的胆子并不是别人认为的那样小。然而，我对火车没有留下更多的、更深的印象，只觉得火车像龙窑，码着一排排齐整的砖坯。
　　余书仁也是第一次坐火车，但也是最后一次。他后来死于肝癌。
　　1998 年元月，省城一家有影响力的报社，发函给我，调我去上班，我谢绝了。谢绝的原因很简单，或者说，有点可笑——我讨厌南昌火车站，以至于对这个城市也没有好感，并且现在也没有改变。

我不是一个记仇的人，但对 1993 年的"南昌遭遇"，直至今天，我仍然记忆犹新。那年初秋，我从南方返饶，在南昌作了短暂逗留。我没买票，就直接进了站台。一个戴着袖标的年轻的铁路警察，以为我是逃票的落网分子。他个头矮小，样子却有些刚毅。他一把抓住我的旅行包，说："把车票拿出来，看是从哪里逃票来的。"我说："我还没上车呢。""没上车？不可能，逃票的人都这样说。"我说："我前两个小时下的车，你看看，这是我上趟车的车票，我下车是去看了一个朋友。""是吗？"他一边说，一边拉着我的衣袖，往一个阴暗的角落里走。我警惕起来，我想，歹徒的拿手好戏就是装扮成警察。我说："别拉拉扯扯的，我喊人啦，你这样子，不像个警察，警察很有礼貌的。""你说的是电影里的，警察讲礼貌，那我们早没饭吃了。"他又说，"要么，你给我10 元钱，要么跟我到所里接受罚款。"我一下子火了起来，说："你没见过钱吗？"我一边说一边从裤兜里掏钱。"你看过警察打人吗？你没有看过，我打给你看。"他越说语速越急促。"那你打我试试。"我毫不示弱。他只好说："我看看你的身份证。"这时一个戴袖套的保安员走过来，对矮个说："又搞定了一个？"矮个指着我，说："还没呢，这个人逃票还不想罚款，难搞。"矮个看了我的身份证，又把旅行包翻出来。他熟练的手法让我想起菜场上杀鸭子的人。我这时心里已确定他是真的假警察了。我说："你做这行有几年啦？"矮个晃晃眼，用南昌话说："瞎里意思？"他又说，"你见南昌的朋友，有对方单位证明吗？没有，那就罚款20 元。"我说："你要我给你钱，可以，我去车站治安室给你。我要罚单。"矮个说："罚单我可以给你开。"正僵持着，两个铁路警察朝这边走了过来。矮个"警察"和"保安员"相互使了个眼色飞快地走开了。

我虽不喜欢南昌火车站，但并没有影响我对火车的迷恋。在无数的旅途中，我都选择坐火车。不知道你是不是这样的？我很羡慕徐先生，不是说他火车坐得多，而是他有许许多多火车上的奇遇。他每说一次，我就像小学生听老师讲课一样认真。我有理由说他是一个无比幸福的人，尽管他历尽了生活的沧桑。每次坐火车，我也怀着对奇遇的神往，但一次奇遇也没发生，这多多少少让我有些沮丧。

说起火车，不知道怎么的，我突然想起托尔斯泰的《安娜·卡列尼娜》中那个破旧驳杂的火车站，相遇与死。在很多年前，我看过一个电影，主人公和电影的名字，我不记得了，我一直无法忘怀的，是个露天的站台。条形的麻石因为雨水和脚的磨洗，变得油黑闪亮。女主人公送她的男友坐火车去战场。轰轰轰，白蒸汽嗤嗤嗤地向站台漫溢过来。火车慢慢开出视线，车上的战士还在不停地挥手，挥舞着军帽。这是一个在很多战争电影里出现过的动人场面，气势如虹，充满英雄的高亢，细腻的离别之情也只是那个广阔时代的一滴水，很快会蒸发。女主人公每天都去车站，等待她心上人回来。战争结束了，她的心上人始终没有出现，而她一如既往，在早晨，在薄暮时分，都会到站台迎接一个永不归来的人。她一年比一年衰老，火车站也越来越繁华，越来越大。而始终没有改变的是，她头上的那顶草帽和油黑的麻石。电影是以倒叙方式进行的，切片一样，一片一片地，把一个女人的一生，推到了我们面前。

而火车，这个庞然大物，就像蚂蚁眼中的蜈蚣，它把生活事件推向了另一种可能，改变了我们的心灵轨道。火车在艺术家的手中，已然沦落为道具的角色。这也没什么可悲怜的。世界上还有什么东西不是道具呢？就连人也是道具。

在学生时代，我读过一篇文章，是梁晓声写的，内容是有一年各地青年大串联，坐火车去北京看望亲爱的毛主席。那是一个阴湿的下午，我在寝室午睡，睡得昏昏沉沉的，同学们小跑着奔向教室。我随手在我下铺同学的枕头上，拿起一本厚厚的期刊。我读到了那篇文章。那个下午，我一直靠在床沿上，一边读一边感觉热血奔流。我不是说那篇文章如何激励着我，而是被文中描述的几百万青年，沿铁路去北京的场面惊呆了。火车已经成为一个符号。在我的脑海里，并没有涌现壮观的人头的海洋，而是想起许多歌曲：《北京的金山上》《花儿为什么这样红》《东方红》。两年后，即1990年的初秋，我从表舅德荣那儿，对文章中所写的内容得到了印证。我在他家吃饭。他喝着烈度苞谷酒，说，我们属于老三届，连换洗的衣服也没带，身无分文，穿一身军装，揣一本红宝书，就挤上北去的列车。

火车的发明，是因为有了蒸汽机。自从有了火车，历史上许多大事件，都与它紧紧相连。我无数次地看电影《铁道游击队》，每一次都心怀向往，尤其它的主题歌，总是能给我以震撼：

……

爬上飞快的火车，

像骑上奔驰的骏马。

车站和铁道线上，

是我们杀敌的好战场。

……

当然我不是一个英雄主义者，我一再写到火车，完全是因为火车的抒情部分。我女儿3岁时，一次，我抱着她从带湖路走回白鸥园，她看见亮着灯光的火车，说："爸爸，带我坐火车吧。坐火车一定很好玩。"七月底，我去云贵高原的第二天，我爱人带她去了万年县城。她第一次坐了火车。她在电话里说，火车轰轰轰，呜呜呜。前几天，我看到一则消息，说宁波一个 11 岁的女孩，为了体验坐火车的感觉，一个人离家出走，去了北京。可能是这样，火车情结也许是每个人都有的，甚至是与生俱来的。当我们谈论火车，我们能说出几蛇皮袋的陈年旧事。确切地说，我们对远方的向往，从来就没有停止过。作为一个当代人，火车是伴随我们终生的，即使我们从不去坐，它也一直在我们内心呼啸。

我愿意把火车看成自然主义者。它淡化了生活曲折发展的情节，一件件日常生活琐事，按空间将其连缀起来，让欣赏者（也是每一个旅途上的人）进入"他和他们"或"她和她们"的视角。我们发现，生活是如此的细致、微小、简单、相似，我们需要忍让，与其说是分享不多的欢乐，毋宁说是共同品饮寂寞。在火车上发生的任何事情，我们都不要觉得奇怪。我们是彼此的远方。在所有的交通工具之中，我尤其喜欢火车。火车奔跑起来时，人还可以在车上走来走去，像在隧道里穿行。尤其在深夜，暗暗的灯光摇晃，人的脸像是虚拟的，似乎生活也是一件不真实的事情。人（就是另一个我）蜷缩在车厢的角落（任何一个位子都是角落）里，一边假寐一边暗伤（多么可笑）。人都是奔跑在自己的远方，也奔波在自己的原点。

线圈上的四季

　　"明天几点钟走啊？"老国打电话来问我，懒懒散散的语气。"你在东方足疗吧。"我说，"我们往德兴走，中午在瑞云山庄吃午饭，十点准时从市里出发。我在新华龙门口等你。"我们在电话里杂七杂八地闲聊起来。我们无非聊这几天的手气，玩牌到几点。我们十二天放一次假，回上饶休息三天，又返回安庆。说是休息，其实比上班还累，吆三喝四应付饭局，接着又是打牌。我们都厌烦牌，但一坐下来，不玩牌又干什么呢。我和老国有一个共同爱好，就是享受足疗的快乐。每次回上饶，有两个地方我是一定会去的——东方足疗和湘菜馆。足疗技师是固定的，89号，高个，腕粗，脸黑。我往沙发一躺，她就抱来毛毯，给我垫上热枕。她对我手足的每一寸关节都是熟悉的，哪儿受力，哪儿受痛，她比我自己清楚。我们无话不说，比如她孩子想当兵，昨天她股市输了多少，她老公开出租车一个月能赚多少钱。她还讲她们同事间的趣事，哪个女技师上班两个月被人挖走了，哪个女技师有什么癖好。每次说完，她都会说："现在房子真是比命贵，我就想买房子，可我一辈子都挣不到一套房子。"她差不多四十来岁，十五年前，她是美发文身店的老板娘，因一次文身事故，她老公锒铛入狱，家产赔光。她连自己的养老保险也舍不得买。有一次，我说："你要办低保，我可以帮帮你。"但她终究没找我。或许，她觉得这是一个人情，无从还起。湘菜馆就在东方足疗右边，铅山人开的，店里的血鸭、腊味合蒸、猪脚、临江湖豆腐、干锅萝卜，都是我爱吃的，也是我圈子里的朋友爱吃的。一个大桌，老四、大毛、老国、戴川，拖妻带女，吃得酣畅淋漓。

往德兴走，要多耗费一个小时，但可以节约一百来块钱的过路费。我们不像去上班，而是像一群驴友，开三部车，走走吃吃，吃吃看看。但一年下来，在路上，我们一直没有找到可以让胃部满意的馆子。一次，我对老国说："我们到德兴瑞港的瑞云山庄吃午饭。"老国说："那样偏僻的乡下，哪有好吃的呢？"我说："美食都在乡间。"我们到了瑞云山庄，一下子就被眼前的景色迷住了。山坳里有一个水库，水库下面是游泳池。正值初夏，石榴花盛开，桃花迷离，高大古老的蜀柏被修剪成扇形，半月形的河流弯过茂密的灌木林，多么美丽。村前一马平川，秧田青青，连着不远处的山峦。山上种有密密麻麻的竹子，风吹过有涛声阵阵。餐馆是一栋旧瓦房，走进去，就闻到木柴的香气。蒸山蕨、炒小竹笋、腊肉炒蒌蒿、炒河虾、豆腐煮鳙鱼头，都让老国吃得摇头晃脑。他下一次筷子，就说："这个菜，赞。"吃完了，又说："枞阳有这样的酒店就好了。"他扒完饭，还拿着筷子不放，斜拉着脖子吃小河鱼，说："再不吃了，再吃就是哑仔（傻子）啦。"我说："你把山庄的电话记下。"我把吧台上的罐装霉豆腐、剁椒、腌大蒜，全部带到车上。老国上了车，又下来，对老板娘说："你回头买两壶茶油来，我们来吃饭的时候，你用茶油烧菜，钱由你算，我们十二天来吃一次。"

德兴到乐平要一个小时，从乐平上高速。在时间较急的情况下，我们往鹰潭走全程高速。一次，学云老哥来安庆看我，给我发短信：路怎么走。我回复：你从上饶西高速口上高速至鹰潭南，往安庆，过长江大桥，行车三分钟至第二个出口，过第一个红绿灯往左，直行半小时，至县城第一个红绿灯，见渡江快捷宾馆，即到。他吃过晚饭出发，到达时，已是十点一刻。他给我电话，说："你在哪儿？"我说："你比我预想中早到了半小时到。"他说："路上有大雾，不然还可以提前半小时。"在秋冬季节，东至段，属于原始山区，森林茂密，是多变的山区气候，夜晚多雾，有时还下着滂沱大雨。前年初冬，我和老国在德兴吃晚饭，经婺源，返回安庆，遭遇大暴雨。整个视野范围，只能看到周围五米，雨滴打在车窗上，像沙石撒来，当当当响，路面的水花飞溅七八米远。我们在车上说朋友间的趣事，以免打瞌睡。过了升金湖服务区，却见星光点点，天空海蓝，幕布深远，似乎是另一个半球。到了安庆，已是半夜一点，原本三个小时的车程足足走了五个小时。

即使是多走一个小时，我还是愿意选择往德兴走，一路都是山峦。或许我自小在山间盆地长大，我喜爱山峦起伏、河流穿林的地貌。其他人在车上说说笑笑，半小时就进入假寐状态，而我却精力充沛，沿途浏览美景。出上饶市区，沿饶北河行车一个半小时，至德兴。这是我故园的水彩画。临水而筑的屋舍，繁盛高大的槐树林，一望无际的竹林，经常被一条蜿蜒九曲的饶北河送进梦境。它的空气里有温暖而又伤怀的青草味。尤其在秋天，我看到枯涩衰黄的田野，我就会想起年迈的父母。"父母衰，子远游。"这是一种福，更是一种痛。"你不要去安徽了，你看看，你头发脱落很多啦。"一次，我路经老家时，探望父母，母亲对我说。

乐平至东至有我百看不厌的美景。乐平是丘陵地带，野生的灌木林远远看去，像往上翻卷的大喷泉。在春天的时候，灌木发青，白色的芽孢，一簇簇的，打眼得很，略带冷涩的雨水即使是倾盆而下，都是疏朗的，像一个奔跑的少年。阳春暖照，路边的蔷薇打着骨朵，红的、黄的、粉白的、暗紫的，让我明显感觉到，大地多么无忧无虑，日常生活带给我们的忧伤是那么微不足道，宛若细小的雨水，渗入土壤，无影无息。去年五月，我看见有几株野桃树长在山坳，花朵若积雪，我想起白居易的《大林寺桃花》："人间四月芳菲尽，山寺桃花始盛开。长恨春归无觅处，不知转入此中来。"桃花寂寞地盛开，寂寞地终老。车进入隧道，黑暗和灯光在不断地交织更替，恍若进入一个潮湿的梦境。梦境有时很短，只有一分钟；有时很长，像不可知的余生。隧道就像一个抽屉，打开关上，关上打开。当它打开时，我留恋地看一眼铺满光的世界；当它关上时，光又把世界呈现给我。

陈勇好几次对我说："你是个有归隐意识的人。"他负责开车，戴副眼镜，怕冷，爱酒。我说："我不是有归隐意识，而是有自然主义情怀。"车窗外是月亮湖，如一尾鱼，翔游在群山的怀抱里。油绿肥厚的色彩，厚厚地覆盖在山岭间。陡然间，你会觉得春天是个调色师，一只手提着雨水，一只手提着彩粉，它耐心细致地蹲在大地上，把草木刷了一遍又一遍。岭的坡地上，有三五间农屋，被竹林和树林虚掩。湖面上，一群白鹭在低飞。一叶竹筏系在浅滩上，一叶斗笠抛于偏野。

过了东至，一望无际的油菜花深陷在苍穹下，金黄的，像朝天的铜号散落在长江的右岸。油菜花，无论在何时，总会给我恍惚迷离的背影，和炊烟卷曲在一起，若即若离，忽闪忽隐。假如在你看见遍野的油菜花时，有民歌随温润的风送往耳际，不知你是否会泪流满面，仿佛千里之外的双亲蓦然站在你眼前，令人不知所措，无所适从。是的，尤其在斜阳通红时，晚霞像燃烧的桃林，薄暮游弋，绕在稀疏的树梢上久久不肯散去，田埂上慢慢离去的人被暮色抹黑直至无息，被一个奔往异乡的人收尽眼底，这个异乡人的暗自感怀，将成为人世的秘密。

我和陈晚生、施长华、吴文凯、曹正，在宿舍的后山，种了九十二棵桃树、四十三棵梨树、六十二棵橘树、八棵冬枣树，在池塘边的空地上，种了四棵葡萄树和十九对桂竹、两棵红梅，在松树林里种了七棵桃树、十二棵梨树、三棵橘树、二十对桂竹。我们拿着铁锹、掏洞、埋肥、种苗、浇水。吃过午饭，我四处转转，看看树苗是否吐芽、长枝。这是我紧张工作之余的一种调剂，也是我在异乡的乡愁符号。闲余的生活，我几乎是一片空白。老国不止一次对我说："你这样人会活活憋死的，怎么待得下去呢？"我说："工作繁忙就不会想家了。"其实，我从来不知道今天是星期几，只知道还有几天回家。上床前，我会给老婆打一个电话，听听孩子的声音，之后，冷冷的夜便盖住了全身。

当然，一年之中，在固定的时间，几个朋友总会来看望我，比如徐永俊、饶祖明，如果大毛能一起来，相当于重感冒时的针剂。戴川来过两次，蔡永忠和叶永萍夫妇来过一次。我们的接待是简单而隆重的，简单是粗茶淡饭，隆重是彻夜陪客。"安徽不能去，去一次就损失几千块。"大毛每次回去的路上，都发这样的牢骚。可他怎么能禁住自己的心呢。每次我回家，还在路上，他的电话就到了："晚上在湘菜馆吃饭吧。"他算着我回家的时间、出发的时间。他喝酒，我码字，除此之外，我们都惊人地相似。在上饶的时候，每个星期天，他开着越野车，约上我、戴川、徐永俊，一起去钓鱼。市区方圆四十公里，很少有我们不熟悉的地方。钓鱼的同时，我搜寻乡间的美食。我们取下渔具，垂钓，大毛则说："我在车上睡一会儿。"他睡一会儿也许是一个下午，也可能是十分钟。他的鼾声震耳欲聋，打鼾时上下颚错位，脸部变形。钓竿上的铃铛叮叮叮响了，他一翻身起来，用力往后拉竿，说："抄网，抄网，是一条大鱼。"去年初冬，大毛来玩，我和老国说，我们带大毛去钓鱼吧。天气较寒，鱼已很少吃钩。我选了一个好位子，两个小时不到，上来了四条五斤来重的螺蛳青。大毛换了几个位子都没有提竿子的机会。他说："太气人了，装备精良，像美式武器，却打不到敌人。"老国的儿子旺仔逗大毛，隔十几分钟，就喊："拿抄网，大鱼上来啦。"大毛扭头过来看看，见没动静，又蹲下去守竿子。到了傍晚，快离场时，大毛才上鱼，嘴巴笑得成圆形（多像可爱的大鲤鱼），说："下午至少省了三千元。"

暑期，文化广场上的草皮已枯死，地面上的热浪有一种烤焦的味道。我们几乎住在宾馆。我就是一个哑仔，电视看到全频广告，才浑浑噩噩地入睡。老国就煲电话粥，捂着耳朵。老四在边上，叫："老国发痒了，你快来给他抓抓。"幸好，溽热的夏天是短暂的，一般不会超过三个月。

　　事实上，十二天是一个不长的周期。可家人掰着指头算着。老婆早早准备了我喜爱的饭菜。我是对物质欲望下降到胃部的人，对生活苛求不多，家人平安，每餐有一碗可口的菜就可以。我不善于争斗，也不善于追逐。在我的圈子里，理财能力最强的人是老四，房子一年一套地买，没说的。我最羡慕的是大毛。一次，从湘菜馆出来，他问我："人什么时候最幸福？"我说："看着小孩健康成长。"他说："酒喝高了最幸福，晕乎乎，什么都可以不想，哎，跟你说了也是白说，你不喝酒。"我说："这个愿望太容易实现，我每天可以供你酒喝。"他和戴川会有更多的酒语，因为戴川经常比他喝得还高。大概是 2008 年冬，我和大毛、徐永俊在陆羽茶庄喝茶，都过深夜十二点了，大毛接到法警电话问："你是戴川的朋友吗？请来市里医院一趟，我在医院门口等你。"我们的心一下子悬到嗓子眼，生怕戴川出事。到了医院门口，法警看了我们的工作证和身份证，说："你这朋友怎么爬到我车上睡觉？我车门是锁了的，车门没破坏，他怎么进得去呢？我车子开到茅家岭，后座电话响了，才知道后座有人，我还以为是小偷呢。"戴川见了法警，只是解释说："我喝高了，我车子和你车子放在一块，上错了车，怎么上车的，我真的不知道。"戴川一手撑在车盖上，不断地重复说："我也不知道怎么上车的，对不起，可我是无意的。"我和徐永俊把他送到家门口，他还是不肯下车，他说他领导没提拔他，做了那么多工作，可为什么提拔不了呢。我说做工作和提拔是两个概念。每次他喝高了，话特别多。但他是重感情的人，一副热心肠，又爱醺醺然的感觉。大毛就说我："你呀，你太没情调，只知道天天在家里烧饭、买菜。"他说的没情调，是指不喝酒。他喝高了，随便在哪儿都能躺下，鼾声如雷电交加。有时他坐在牌桌上，一边打嗝冒酒气，一边打瞌睡，突然睁眼睛，说："和牌了。"他还说，"有酒喝，能打五块钱的窝龙，我就什么也不想啦。"年前，他对我说："现在借钱都借怕了，谁要股份我亏本也卖了。"我说：

"你没吃没喝时找我，对你，我不会见死不救的。"他笑得像个小孩。

路途上，至少我，不会觉得过于单调。离家近一分，草木就葱茏一分。秋冬之际，雪过早地莅临。屋舍，山峦，厚厚的一片积雪。雪上折射的阳光，似乎被过滤了一般，显得格外纯净。即使是无雪的时候，草木虽然枯涩，有凄凄的衰黄，蔷薇落光了叶子，葛藤枯焦，竹子泛黄，但山梁上的灌木依然葱绿。星点的蜡梅迎风傲展，远远看去，既像被墨绿色淹没，又像从中跃跃而出。在秋收之后，布谷、斑鸠、灰雀，都会从山上向田间汇聚，一只两只，一群两群，落在高速防护栏上，落在突兀的板栗树上，在草地里扒草籽，在田埂上捉虫子，在野藤上啄浆果。还有一种我不知道名字的鸟，尾巴有三十多公分长，尾毛灰白，鸟身黑褐色，喙长头尖，低飞，傍晚时分，斜飞过高速路，撞在车玻璃上。我遇见过两次。

每一次往返，景色在不知不觉中变化，更换着每一个月的衣裳。我知道，这是季节在大地上上演的舞蹈。动植物应约而来，编排一个个精美的节目。我只是一个有幸者，无意间目睹到这些。三月间，我们还选择往婺源走。过了景德镇，有一条岔道通往徽文化最完整的保留地。星江已满，沿岸的油茶花一层叠一层，香樟捧出青白色的芽头，毛茸茸的。茶树倒映在慢慢游走的河水中。墨绿的松林安谧，黑瓦白墙之间，殷红的桃花跳过院墙。婺源的春天要比安庆早半个月，信江的春水比星江要提前迎来桃花汛。桃花汛从柳枝上冒出来，粉粉的、黏湿的、暖暖的。鱼儿在浅水湾蹦跳，钓鱼的季节又来了。

又一年的春天，在茶梅的落瓣中到来。宿舍后面的文竹是年前移栽的，枝叶卷曲发黄，一场春雨的浇灌，丫口冒出新枝。冬青树的冠上，铺盖了厚重的绿云，即使是九级风暴也不能把它掀翻。围墙边的九株含笑，去年还是光光的杆子，现在已是叶子肥肥，过了五月，或许会花朵压枝，沉甸甸的，让我们看见花香的重量。茶花的花苞结结实实地束起了腰带，再过一度暖风，它就会咧嘴含笑，把初夏的阀门炸开。再过四天，我将经东至、婺源，回到信江上游的小城。雨水再度纷披小城的屋檐，云碧峰的映山红带来远方人的消息。

我早上六点半起床，写点文字或查看主要工作场所；七点一刻吃早餐，餐点一般是面条或粥；八点开始日常工作，接待形形色色的人，安排鸡毛蒜皮的事，拜访主管部门的人；十一点半吃午饭，菜通常猪油多、烂熟、没辣椒，外加一锅汤；十四点上班，要做一些不可耽误的杂事，妥协，对抗，说服，依从；十七点四十五分吃晚饭（天热时多半喝粥），饭后像幽灵一样四处查看情况；十九点，进办公室，看天花板或看书或找人促膝谈心；二十一点四十五分离开办公室，烟灰缸已满；二十二点半上床睡觉。这是一年四季的作息时间表。晚上有客或实在无聊，我会和老国、老四去足疗，偶尔剑荣也去。这是唯一的休闲活动。老四有五分之四的晚间时光是在电脑上下象棋，老国有三分之二的晚间在看电视连续剧。今天，剑荣和老四回上饶了，老国过来问我："晚上有什么节目啦？"我说："除了足疗，就是闲聊。"从足疗店出来，老国说："心惶惶然，待不下去了。"我说："我才惶惶然呢。"走出大街，天黑如墨，一天又完结了。我想起上午去一个部门，接受处罚，交了五千元罚金，心中有些怨气。我回到办公室时，怨气全无，把这事忘得一干二净。和老国足疗回来，我怎么又想起这事呢？我怎么会是这样一个人呢？我唾弃自己言不由衷的虚伪而得体的表现。

不知道自己会在安庆服务几年，或许很快结束任期，或许任期比我想象的更漫长。老国说："你走不了的。"生活单调而紧张，但时间都匆匆溜走，风从指间吹过，没有痕迹，吹过头发，却带来两鬓斑白。四季在车轮中更替。更替中，我们都已不再是我们。

瓶子里的鱼

　　"你真会买菜，这几根苦瓜，这一把韭菜，羞嫩羞嫩的。"我去小店买黄酒、白糖，老板娘说。菜一把把地被分类放在菜篮子里。我提着菜篮子，站在她货架前。这个小杂货店，在菜场转向小区的西门口，我经常光顾，买盐、酱油、牙膏等。小店门前摆放了两张破烂的小桌，桌上堆着废纸盒、空塑料瓶。门店很小，只有三个小货架，一张旧办公桌，一张小方桌。货架上，都是一些日用品，如矿泉水、啤酒、烟、袋装瓜子、毛巾、低价白酒、调味品等。烟最高价格不超过三十元。毛巾价格不超过三元。老板娘通常坐在靠墙货架与旧办公桌之间。没零钱的时候，给她一张百元钞票，她连忙站起来，说："这么大张的。"然后，她把手抄进裤兜里，摸来摸去，摸出一把钥匙，又坐下来，把桌子右边抽屉打开，点出找给我的零钱。老板娘偏瘦，鼻唇沟深深塌在两边，手指短，衣袖长，头发有些干黄，遮住了两边的肩膀。有一次，我买了一只乡下送来的白番鸭，便去菜场找人杀鸭拔毛，但问了好几个人，都不愿干这活。一个在广丰卖菜的老太太，正收拾自己的摊子，见我束手无策的样子，便说帮帮我。老太太来到我家，帮我杀鸭拔毛。第二天，老板娘问我杀鸭花了多少钱。我说："二十块钱，老太太人好，还执意不收呢。"老板娘说："以后有鸡鸭，我帮你杀。"过了几天，老母亲托我侄子送来了一只八月鸡，给我女儿吃。那时我女儿十四岁，老母亲说，聪聪吃了八月鸡，长身体。我提着鸡，请老板娘杀。我去菜场买完菜，她便把一只鸡料理得干干净净了。我说："老板娘，你杀鸡这么快，可以开一个卖家禽的店铺，一天可以挣好几百块钱呢。"

　　卖菜的人，都认识我——我是这个菜场唯一一个提竹篮子买菜的人。菜场不大，三分钟可以转一圈。买完菜，到小店买杂货。老板娘有一次问我："你家怎么不买米呢，主食吃什么呢？"我说："米太贵，吃不起，干脆不吃，吃菜算了。"老板娘说："那怎么可能？你家不吃米的？我还是第一次见到全家不吃米的人呢。"过了两天，我去店里买矿泉水，在门店里打牌的三个人，异口同声问我："你家不吃米的？"我笑笑。我说："看看你们谁技术好。"他们在玩"打三"，一个老年男子、一个青年男子、一个胖胖的中年女子。"打三"是上饶扑克牌的一种玩法，二打一，以"3"为固定主，"2"和"王"为常主，翻"3"为色主，拣分。每天，这张小方桌，都有人"打三"，五块钱一把。老板娘说："你别看他打，再开一桌，你也打。"我说："五块钱一把，输赢太大了，我哪敢玩呀，五块钱可以买一斤螺蛳呢。"那个青年男子我常见到，但玩牌的其他两个人，我不常见。青年男子二十七八岁，长了一双眯眯眼，我穿短袖了，他还是穿一件灰色夹克。他每次抓牌，手在牌面停顿一下，手指骨拱起，伸直，狠狠地把牌抓上来，似乎每一张牌，都有他很高的冀望，似乎他对每一张牌，都有饱满的激情。抓完了牌，他把牌列成扇形，竖起来，他嘴巴里的庐山烟，正好碰到牌面，烟灰落得他满身。我发一圈烟，继续看他们打牌。他拿起我的烟，看看烟屁股，夹在耳背。我是每天都去买菜的，假如我没外出的话。有时我早上七点去，有时九点多去。每次去，我都看见这个长着眯眯眼的男人。他要么坐在牌桌上，要么站在小店门口抽烟。他用指甲抠着烟纸，吸烟的时候，喉管瘪进去，吐烟的时候，喉管鼓起来。烟抽到海绵蒂了，他把烟头扔在地上，黑皮鞋在烟蒂上用力踩，转半圈。看了两圈牌，我提着菜篮子走了。

又有一次，老板娘帮我杀鸡。我买了半斤糯米、半斤豌豆、半斤板栗，准备焖鸡糯米饭吃。安安喜欢吃。老板娘又问我："你家真的不吃米饭？那吃什么呢？"我说："你是执着的人。"她看看我，继续给鸡拔毛。正是暑期，老板娘两个孩子在院子里玩。我说："你儿子都读小学了，但那双脚，黑不溜秋，好像人刚从水田里上来。"老板娘说："小孩哪管得了那么多呢。"她又问我，"你是干什么的？看你天天买好菜，你真是舍得吃，吃那么好。"我说："我是厨师，职业就是做吃的，这两年失业，就在家里做厨师。"她说："做厨师好，做厨师真好。"

这个小店，是年前才开的。在进菜场路口，也有一家小店卖日用品。路口小店是由一对父子经营，父亲是个六十多岁的老头，负责从货架找货、取货，儿子三十多岁，戴眼镜，负责收银。儿子整天在手机上看视频，一个人靠在椅子上，有时看得哈哈大笑，让人莫名其妙。他找钱的时候，手在点钱，眼睛在看视频。他们的杂货店临街，顾客多，货物多，种类也多。我也常光顾。老头的儿媳负责烧饭，用饭盒提来。父子便坐在收银台上吃。店的侧边，有几家早餐店。店门口，是一个三十多岁的妇人，卖豆浆和馒头。现磨的豆浆灌在开水瓶里，分无糖和有糖的。无糖豆浆，一块钱一小纸杯，有糖豆浆，一块五一小纸杯。馒头是早蒸好的，用白布盖着。我去买豆浆，习惯自带一个保温壶去。我出门坐车，经过她摊位，她也会笑一下，表示彼此熟悉。我没入住这个小区之前，她便在这里卖豆浆了。我问她："一天能卖四百杯豆浆吗？"她说："能卖两百杯就不错了。"她穿白色的厨师围裙，嘴巴里嚼着馒头，抱怨似的说："天天早上四点钟起床，卖这几杯豆浆，站这里要站四个多小时，腿都要站断了。"她骑一辆脚踏三轮车，卖完了，把桌子、豆浆机、开水瓶收起来，拉回家。去年暑假，她问我："你认识上饶中学校长吗？"我说："我认识他，他不认识我。"她笑起来，说："不可能，那个开铅山汤粉店的人说你认识。"我说："汤粉店老板娘怎么知道我认识?""你可不可以帮我一个忙? 我女儿初中毕业，考得不好，又想去上饶中学，我又不认识人。我一个卖豆浆的，哪认识他们呢。"她说，"我户口又不在这里，一中又进不去，下半年，我女儿去哪个学校读书都不知道。"我说："我是真不认识他，不是推辞，你问问你老公，他也能想想办法。"卖豆浆的妇人，低下头，嘟囔着："他的事，别提了，除了扑克，什么都不认识。"

　　汤粉店，是铅山人开的，店里有一家三口，儿子做厨师，妇人端碗、洗碗，男人清理桌子、收钱。但他家米粉烫得不好，吃的人也不多。我跟她儿子说了几次："你放的料太少，汤不入味，不要怕客人吃，可以加价，你看看电信局门口那家，吃的人排队，一碗粉卖十七八块，你也去吃一次，尝尝别人的。"小伙子是个帅哥，戴顶白色厨师帽，性格温和。他说："我记住了，明天就去吃，改一改。"但一年过去了，还是一年前的汤粉。妇人嘴巴的形状尖尖，说话很厉害。她老叫我给她儿子介绍老婆，说儿子都二十三了，还没对象。我说我哪有这个本事，有的话，我也想找一个。安安喜欢吃她粉汤里的肉丝。我多给她三块钱，加肉。她儿子用一个铁勺，在汤里搅动，但搅了几次，肉丝也捞不上来。我说："你别捞了，我看着就难受。"妇人多话，粉店一般上午十点歇业。她便在院子里窜来窜去。这个菜场，原来就是一个旧厂区的院子，住户基本相熟，和我住的小区只一墙之隔。我吃了晚饭，也会下来溜达。卖菜油的，卖粉的，卖清汤的，卖熟菜的，聚在一盏路灯下，打牌，吹牛，喝茶。天热的时候，男的打赤膊，女的穿吊带背心睡衣。我估计，这些人，原是纺织厂职工，后来改制，他们便自谋职业，在菜场营生。

　　也有周边村镇的人，挑担子来这个菜市场卖菜。他们卖的都是自家种的菜，如藕、黄瓜、丝瓜、苦瓜、白菜、辣椒、白玉豆等。也有从大菜场批发菜来卖的。挑担来卖菜的人，有时，也把家里的鸡鸭和鸡蛋鸭蛋带来，葛粉带来，霉干菜带来。金银花开了，他们也采摘了带来。南瓜花、木槿花、蔷薇花，也常有。

菜场有一个市场管理员。这是我入住前就认识的人。我想不起他的名字。他也是我在这里唯一认识的一个人。二十年前，我常和他吃饭。他和我一个老哥是结拜兄弟，在一家油脂化工厂任厂长。后来，不知什么原因，大家都没任何来往了。在菜场，没看见他的话，我想，我的世界里，这个人和没存在过是一样的。反之亦然。我第一天去买菜，便看见他了。他穿一件蓝色的衬衫，脖子上挂一个哨子，哨带是红黄相间的布带。我不知道他是不是看见了我。我也没和他打招呼，蹲在地上挑辣椒。但我一看到他，我便记起了他。他有两撇黑黑的胡子，声音粗哑，走路时摇晃着身子。过了几天，他在汤粉店吃粉。我也在。我发了烟给他。我故作刚见他的样子，问："老哥，好多年不见了，你现在去哪儿发财了？"他提起哨子，摇摇，说："吹哨了，看菜场。"我说："看菜场好，清闲。"他说："你还在报社吗？什么时间好好聚聚。"我说："我还在报社，只是不上班了，闲人一个。"他说："大哥出殡，都没看到你。"我说："大哥出殡，我在外地，都不知道。"他说："大哥风光了几十年，死得那么凄凉，人没意思，想到人要死，便安心了，开开心心过生活。"

早餐吃得我难过。我回到家，打开电脑，想写几行字，想想，还是把电脑关了。写字有意义吗？没有。我是不会寄望我的孩子，去写文字的，宁愿他们去学木匠，也不要做一个写文字的人。文字，就是菜场里剥下来的菜叶，一把羊铲，铲进垃圾车，拉到垃圾窖去。我看到微信群里，有些写文字的人，趾高气扬，我便感慨，认识自己所处的时代，是一件多么难的事啊，承认时代赋予写字人的难堪，是一件多么难的事啊。写几行字，不如实实在在地做一餐佳肴来得重要。我去菜场买菜，便特别用心，选上好的食材，精心准备，用食物去犒劳自己。沉重的肉身，在没有腐烂之前，比任何佳作重要。这样想，我也安心了。

菜场的人一般在上午十一点，便散了。空空的摊铺，也随即被清洗。有几个菜卖不完的人，坐在一个雨棚里，剥豆的剥豆，刨皮的刨皮，菜分类摆在塑料皮上，一排排的。到了晚上，还没卖完菜的人，坐在板凳上，看见路过的人，便仰起头，用方言问："买点菜吧，便宜，最后一点了。"过路的人，几乎不搭理他们，匆匆而过。我发现，晚上还没卖完菜的人，通常是相同的两个人，一个四十多岁的男人，一个五十多岁的女人。男人有一张长脸，满脸胡茬，天天有剥不完的青豆。他架开双腿，低着头，剥豆，豆自然地落在一个不锈钢碗里。我几乎没看到过他停下手，假如不照顾客人的话。他剥豆快，大拇指指甲像推土机一样，把豆肉从豆壳里铲出来。女人脸胖，头发剪得很短，发色半白半黑，穿一件和她身子完全不相称的宽大衣服。我有时会想，这个男人和这个女人，可能有一个和其他卖菜人不一样的家庭，必须每天要卖完多少菜才回家，在他们各自的家里，也许有重病的人，也许有年过三十还未成家的儿子，也许，每一斤菜，都是他们生活最繁重的作业。这样想，我便不在买他们菜的时候还价。那个二十年前的厂长，现在的市场管理员，在菜场歇业的时候，便赶几个继续卖菜的人走。嘟，嘟，嘟，他鼓起腮帮，吹着哨子。他还保持着原来任厂长时的风度，打领带，头发溜光，只是皮鞋沾上了菜场特有的黑泥浆。在早晨，村镇挑担来的人，还不熟悉这个市场，担子随便摆在路口，这个前厂长，使劲吹哨子，嘟嘟嘟嘟，吹哨子不管用，他撩起衣袖，把菜担子掀翻。

菜场的院子是敞开式的。卖低价衣物的，卖劣质碗具的，卖葡萄、苹果的，卖草席的，突突突，都开着三轮车来了，把要卖的东西摆在地上。民营医院做义诊的人，保险公司招员工的人，民间融资机构融资的人，也拉起横幅，挂起高音喇叭。发传单的人，手上抱着一大沓传单，见人便塞一张。发露天演出票的人，见人也塞一张。卖蟑螂药的，站在榨油帐篷的门口，喊："蟑螂药，蟑螂药，杀死一切蟑螂，回收一只五块钱。"他的扩音器，嗞嗞嗞。新来的卖熟猪内脏的小伙子，在低头浏览微信信息，蒸锅里水烧干了，他还不知道。卖橘子的驼背的人，拉个板车，吆喝："十块钱三斤，三斤十块钱。"他不能再驼了，头已经低得快到地了。一个躺在地上滑轮车的人，在唱："好一朵茉莉花，好一朵茉莉花，满园花草香也香不过它；奴有心采一朵戴，又怕来年不发芽……"一个老妇人在自言自语："这个菜价，天天涨，该死的天，也不下雨，辣椒也要七块钱一斤，没天理。"蹲在小区铁门边的保安，正在打电话："钱过两天打过去，你放心。你也要体谅我，这十几期六合彩，我一次也没买中。晚上还要买的，明天一起打过去。放心好了，你还不相信我。"开杂货店的老板娘在喊："'打三'的，快来，凑桌了。"

打牌的人，来了，有十来个。但杂货店只有两张桌子，一桌在饭厅，一桌在门店。上桌的人，开始点烟，抓牌。没上桌的人，抄着手，站在桌边看。看看这个人的牌，看看那个人的牌，脖子伸过来，又伸过去。长着眯眯眼的男人，常常坐在墙壁边上，紧靠货架，用牙齿咬着烟。看的人，看个三五圈，便散了。也有不散去的人，等其他人散了，端一条凳子，坐下来，手肘撑在桌角，手掌托着下巴，看两边的牌，另一只手，理顺捡起的分——5、10、K，理得平平整整。老板娘穿一套灯笼裙一样的睡衣，拖一双大拖鞋，站在门口，看见相熟的人，打招呼："菜就买好了呀，来坐坐。"

我提着一个竹篮子回家。把菜洗净，分拣好，米泡在水里，打开电视，看电视剧，遥控器一直在按。中央一台在放《延安颂》。中央四台在放《五星红旗迎风飘扬》。中央八台在放《炮神》。安徽卫视在放《独狼》。江苏卫视在放《飞哥大英雄》。湖南卫视在放《伪装者》。辽宁卫视在放《二炮手》。山东卫视在放《飞虎队》。广西卫视在放《神枪》。只有浙江卫视在放综艺节目《中国好声音》。频道转了一圈，固定在少儿频道的动画片《熊出没》。我给一个朋友发了一条短信：每一个人的痛苦，都是有缘由的。朋友回复：怎么啦。我回复：我们的痛苦在于没人知道我们痛苦，还以为我们很幸福，这是痛苦的根源。朋友回复：你又发神经了，你吃穿不愁，痛苦什么。我靠在沙发上打瞌睡，脑子迷迷糊糊的，又听见来了电话，是一个老友打来的，问我："什么时候，我们去篁碧看看吧，那里有深山，适合隐居，我们去找一块地，看看能不能建房子。"我"哦哦"答应了两句，说："隐居之前，要赚很多钱，没钱怎么隐居？"想想，早先买的几条活鲫鱼，还养在菜池里，我又起身，找来一个大瓶子，灌满水，把鱼塞进去。瓶子有一个滚圆的长肚子，鲫鱼在里面游来游去。瓶肚子不够大，鱼直不了身，鱼身成了半弧形。把瓶子摆在桌子上，我低下头，瞧瞧，鱼又变得很大。瓶子像个魔术师，把鱼变得不那么真实，甚至有些虚幻。看着鱼，我一个人，傻子一样，咯咯咯地笑了起来。

星空肖像（节选）

　　打开后院的柴扉，拐过两条田埂，弯过一个荒冢，就到了酒坊。酒坊围在一座宅院里，乌黑黑的苍蝇在宅院的上空嘤嘤嗡嗡，酒糟的香气四散。

　　出酒的那天，祖父肩扛一个大酒缸，我手提两个大锡壶，早早到了酒坊。锡壶是装头酒和尾酒的。我坐在石灶前，负责添火。大铁锅上罩着一个两米多高的木甑，木甑上压着一口盛满水的铝盆。一根细长中空的竹管从木顶端的切口上，连接到酒缸。祖父端来小圆桌，摆上腌辣椒、酱蒜头、南瓜干等小菜，坐在酒缸边，喝一口酒，摇一下头，说："辣口，辣口，这样的酒喝下去，再辣的太阳也扛得了。"蒸汽弥漫了整个酒坊，酒香引来四邻的酒客，小桌围满了人，有的站着，有的坐在灶墩上，品着刚出炉的热酒。祖父酒量大，很少醉。假如他说话有些结舌了，脸色酱红，不时地摸自己光光的脑门，手势略显夸张，那他已经微醺了。

　　矮小，强壮，宽厚的脊背像一堵墙。这是我年幼时记忆中的祖父。他差不多有半年的时间是打赤膊的，穿一条宽大藏青色短裤，光着脚，腰上别着一个油亮亮的布烟袋。他坐在板凳上，躬起身子，像一面牛皮鼓——我认识了男人的身体，饱满如牛，壮实如泥，浑身有瓷缸的釉色。

　　其实祖父过了八十岁，就不能下地了，而祖母还是异样的强悍。坐在高脚凳上的祖父有点像个孩子。每到吃饭，他会说："今天怎么没客人呢？"有客人，就有人陪他喝酒了。客人来了，他坐在上座，拉开架势，吆喝我："把酒拿上来，我要开开酒戒。"其实他每餐都喝，谁都劝不住。他说："酒都不能喝，还做人干吗。"我祖母就骂他："一个老不死的老头，饭都盛不了，喝起酒来有使不完的劲。"祖父是个乐观的人，即使下不了地，也还是清清爽爽的，他说："你别看我箩筐腿，我一辈子走了三辈子的路。你看看，这栋房子的木料，哪一根不是我从高浆岭扛来的，一个晚上要走八十里山路，走了整整三年。"

后院的枣树下，祖母坐在筲箩边，把旧鞋底拆下来，用米糊一层层地黏上布料，又一针针地纳起来。祖父坐在她边上晒太阳。隔一会儿，祖父喊一声："荷荣，荷荣。"我祖母应一声："老头子啊。"一个叫着，一个应着，但彼此都没有别的话说。柚子花开的时候，整个院子有一种黏稠的青涩香味，给人潮湿温润的感觉。矮墙的瓜架一天天抽出丝蔓，撑开毛茸茸的瓜叶。一地的枣花如蓝花布上斑斓的图案。

1993 年的秋天，是一个特别暖和的秋天。地气上抽，田地金黄。干燥的泥土很容易让人长夜瞌睡，山峦下的村舍寂寂。祖母在酣睡中再也没有醒来。祖母面容慈祥，像一块被雨水冲刷多年的瓦，纹理细密，手摸过去，有时间的质感。她的眼角有浑浊白色的液体。这是她每到秋天就有的。每到秋天，祖父端一把锄头，提一个竹篮，到山涧边，挖一些金钱草、蛤蟆草，晒干，熬汤给祖母喝。

死亡变得不像我恐惧中的那般可怕——一个拒绝聆听和观看世界的人，不会介入喧哗。祖父睡在另一个房间，他静静地听着我们干涸的痛哭，只有在沉睡的时候，他不断地叫："荷荣，荷荣。"声音低沉，像一股岩浆埋在废弃的井里。十多年之后，我仍然能听到这个声音，从井盖的裂缝里突然冒出来，荡然回响。

溽热的夏天，南方的空气会冒出噼噼啪啪的火花。三哥背着祖父去饶北河洗澡。菟丝子缠绕着柳树，西瓜地上的茅棚在旷野里显得孤零零。饶北河在村口形成半月形的河湾，洋槐像瀑布一样，翻卷着向上喷涌。祖父的手臂干枯如藤条一般，搭在三哥的肩膀上，脚细瘦，弯曲，略有变形。祖父的身体，在那漫长的岁月里，都涨满潮水，汹涌着力量，现在潮水已经完全退却，露出石头嶙峋的河床。他甚至说话都需要耗费巨大的精力。祖父曾经是村里最好的水手。饶北河暴涨的季节，上游冲下来浮木，他跳进水里，把浮木捞上来。他打个赤膊，泥鳅一样壮实，阔大的脚板打在地上，有噗哒噗哒的声音，大腿上的肌肉一坨一坨地晃动，晃动得那样有节奏。他扛着浮木，竖直的腰板就是我记忆中的墙。根根浮木都可以做房梁，一个雨季，我家的后院堆满了木头。

有一天，我祖父对我说："你把酒缸搬到你父亲房间去吧。"我说："这个酒缸在你身边有五十多年了，还是放在你这儿吧。"祖父说："酒一点味儿都没有，倒像一把刀子，割人。"我把手按在祖父的上腹部，说："你可能胃受寒了。"他戒酒没几天，整个人完全失去了知觉。他躺在床上，瘪着嘴巴，眼睛蒙上一层灰白色的翳，额头冰凉。我们叫他，他喉结蠕动，好像他的声音从千里迢迢赶来，汇聚在喉管里，再也走不了，彼此扭结，形成洪流，却冲不出那道闸门，被堵着。他厚重的眼睑包裹着一个旷阔邈远的星空，星光细雨般撒落。瓦蓝深邃的星空，他反反复复地梦见它，他变得越来越轻，一缕光一般与整个苍穹融为一体。

那年我的女儿聪聪七岁，像蟑螂一样害怕炎热的太阳，她不知道饶北河有多宽。或许她无须知道，夏家墓矮小的荒冈上，是我记忆的源头。那是我庞大家族最高的山峰。山冈有常年油绿绿的山茶树，荒草遍野，苦竹和巴茅被风吹动的时候，有呜呜呜的声响。我有多年没去那儿，仿佛它与我的生活无关。

时间是一种腐蚀剂，没有什么东西不可以被它腐蚀。人从出生开始，它就潜伏下来，像个伺机而动的特务，随时准备摧毁一切。我们强大的时候，鄙视它，觉得它只是条蛔虫而已，吃一把韭菜就可以把它排出体外。事实上，我们错了，时间是液体的，分布在我们的毛细血管里，它每天排泄出我们无法察觉的腐蚀液，侵袭我们。毋庸置疑，我们都是时间的标本。能够衰老的人是有福的。

重伤的影迹

我几乎每天都要走这条路：从白鸥园右拐，进入八角塘菜场，穿过一条小弄，到了步行街。有时是我一个人。有时是我陪我的妻子。有时是我送女儿聪聪上幼儿园。路上是忙碌的、繁杂的人群，有挑担的、拉板车的、炸油条的、烫粉的、卖水果的。但我看不见他们。他们暂时在我的视野里隐藏起来。我拉着我女儿的手，若在下雨的时候，我会抱着她。女儿把头靠在我的肩上。灰蒙蒙的街道，匆匆走过的脚印很快被雨水冲洗了，湿漉漉的裤脚一左一右地拍打微凉的脚踝。雨滴吧嗒吧嗒，街面上油花一样的水泡是时间呈现的一种形式。裸露的墙体上有潺潺的雨水，污垢的斑迹把旧年的时间容颜展露。天空低矮，有铅一般的重量。一个骑自行车的人摔倒在雨水中。更多的时候，天空是灰白色的，街上到处是鸭毛、菜兜、豆壳、塑料袋。铁丝笼里的猫和小狗已经倦于哀叫，它们蜷缩在自己的影子里，散淡的眼光被眼睑封闭。不知道哪一天，我发觉自己似乎喜欢上这街道的气息，浑浊，世俗，声嚣——恰似生活的本身。

"那条街道并不长，它的长度与我的童年相等。在街角，有一个饺子摊，我们一家人差不多每个星期都有两顿早餐选择在这里吃。我母亲特别地喜欢吃饺子。我喜欢吃清汤饺子。煮饺子的是一位婆婆，包饺子的是一位二十出头的叔叔，负责洗碗的是一位头发花白的爷爷。摊点摆在弄堂里，房子与房子形成的夹缝给人压迫的感觉。房子的墙体污浊，竖立在弄堂里。不知道在哪一年，这个饺子摊消失了，或许是因为煮饺子的婆婆年迈故去。记得小时候，我坐在父亲的大腿上，父亲左手抱着我，右手用勺子把碗里的清汤舀起来，低下头，把勺子里的热气吹散，送进我嘴里。下雨的时候，父亲会抱我上幼儿园。那是一个温暖厚实的怀抱，我记忆中的和蔼的父亲与这个怀抱有关。我把自己的头贴在父亲的脸上，用小手环绕着父亲的脖子。我能感受到父亲的温度和他独特的气息。我年幼时期的幸福来源于此，并扩散至我一生。"假如在很多年之后，聪聪回忆她的童年时，或许会这样写道。现在，我女儿六岁。煮饺子的婆婆五十多岁，头发麻白，宽阔的脸有一种生活积压的沉郁。火炉上的蒸汽弥漫在弄堂里，酱油和醋的气味游离在久久不散的风中。她身边的老头已经两鬓斑白，腰开始佝偻。其实他还不到六十岁。这是一个不苟言笑的老人。他穿一件白色的工作服，忙于收拾桌子和洗刷碗筷。无事可干的时候，他就坐在角落里抽烟。烟笼罩了他的脸，显得虚幻。老人的儿子戴一顶白帽子，站在案板前，低着头，眼睫毛黏着飞散的面粉，手不知疲倦地和面、擀团、包馅。他的姿势仿佛从来不曾改变。我每天从他们身边经过、停留，但我叫不出他们的名字。我很少看到她儿子说话和微笑。我付钱的时候，他用手套一个白色塑料袋，伸进红色塑料袋里，把钱找给我。我说："买五块钱的饺子。"他就刷刷刷地把饺子分好，把钱收进红色塑料袋里。有时他没听清楚我说话，用眼光在我脸上停留几秒钟。我又补充一遍。水饺的价格，前年是一块钱十个，去年是一块钱八个，今年上半年一块钱六个，现在是一块钱四个。我不吃水饺，因为我只吃皮不吃馅，浪费太大。有一次，我听到婆婆和她儿子激烈地争吵。她儿子脸憋得通红，拿着擀面杖的手高高地举起，浑身颤抖，说："我每天早上六点就做饺子，要做到晚上八点。我的生活除了饺子，什么都没有。"婆婆说："饺子就是你的命，你有能力改变你的命吗？"地上是白花花的面粉、葱花和破裂的碗。婆婆继续说："生活没有忍耐怎么可能坚持下去呢？你看看我，我做饺子头发都做白了，我已经做了快三十年了，还要做下去。你以为我愿意做饺子吗？"她用手捏着自己的喉管，又指了指洗碗的老头，说，"都是你没用，废人一个。这煤烟把我糟蹋了，也要把你儿子糟蹋了。"老头哗哗哗地哭起来，跌坐在地上，用头咚咚咚地撞墙，说："我为什么不早死啊，不早死啊。"阳光白白地照在墙上。

我和一个朋友讨论街道这个话题时，他说："街道事实上是一根鞭子，驱赶我们外出奔波劳碌。"作为街道，应有路灯、街树，而这条街没有树也没有路灯，密匝匝的店铺相互挤压，有粮店、煎饼店、榨油坊、川味卤菜店、水果店、瓷器店，有门诊、快餐店、洗衣店、擦鞋吧、人体彩绘坊。夜晚，整条街都是黑漆漆的，灯光被关在门里——它就像一个被遗弃的人。我经常深夜回家，干咳的声音打破街道的寂静。街道上，仿佛落满时间的灰烬。积水，还没有消散的汗味，腐烂的菜蔬的青涩气，店铺里噼噼啪啪的麻将声，病人此起彼伏的低低的哀叫，长条形的天空里时隐时现的星辰，在一个不经意的夜晚，全部呈现在眼前。仿佛水渍里驳杂的梦境。

楼上的窗户几乎是千篇一律的。罐头瓶一般，结实，密闭。黑色的铁栅栏里，有的晾晒着衣服，有的摆着植物，有的挂着鸟笼，有的空无一物。傍晚时分，一个脸廓并不分明的面容会出现在窗户上，或许是一个老人，或许是一个小孩。铁栅栏分割了隐在窗户后的脸部。我这个单元的一个老头，差不多有一个月没有下楼了。他说："楼太高，街上人太多，可我谁也不认识。"他干瘪的嘴巴里，不时灌入冷飕飕的风，发出呜呜呜的声音。他又说："我每天晚上都会站在窗台上，看楼下来来往往的人，有的独自走路，有的三五成群，有的拖儿带女，他们在忙些什么呢。"他有时会来我家坐坐，唠唠叨叨的。我也陪他坐。他是一个孤寂的老人，偌大的城市，除了自己的家人，他就再也不认识他人了。他仿佛是生活在一个孤岛上。他的内心堆积着岁月深处的灰暗。在窗前，老人看到的与我女儿看到的，是不一样的景物。我女儿在婴幼期，对窗户有一种新奇感。即使她哭得厉害，只要我抱她站在窗前，看街上的灯光，她就不哭了。窗户，把天空的花园搬到了她的眼前。她认识了月亮，星辰，云朵，瓦蓝的天空。她还认识了雨，雪，闪电，更替的四季。"太阳眯眯笑"，是女儿两岁时说的一个拟人句。"月亮长了好多绒毛"，是她三岁时说的一个暗喻。窗户，是她人生开篇的第一个章节。站在窗前，女儿知道，右边的街道通往火车站，左边的街道通往广场。她说，广场拐一个弯，到了外公家。今年四月，我买了一盆栀子花，摆放在阳台上。栀子花有十一个花苞。这是女儿数出来的。花苞有大拇指般大，紧裹着馥郁的香气。花期持续了一个多月。女儿每天起床第一件事，就是站在板凳上，给花浇水，放学回家，也要看上几分钟的花。只可惜，我也不会侍候花，到了七月中旬，栀子花整个身子都枯干了。或许，窗户并不需要繁花似锦，不需要修饰，它越简单越能囊括窗外的景色。

　　我女儿很讨厌走这条街道，每次走，都用手提着裤脚，踮起脚尖，说："爸爸，我的鞋子都要进水了，我们往水晶宫走吧。"水晶宫有一条弄堂通往幼儿园。确实是，这条街道，有一种洪水过后的杂乱。街边上蹲着卖菜的村妇，提着大篮子，吆喝道："土鸡蛋，一块钱一个。"卖鱼的，守着满满一大脚盆的鱼。鱼是一些小鱼，肿胀着肚子，地上是黑黑黄黄的鱼肚子，苍蝇被赶走不久后又飞回来。活鱼则放在水箱里，孵氧器咕咕咕地孵出一堆堆的水泡，鱼挤挨着，尾巴优雅地甩动，水给了它们暂时回到河流里的错觉。我只买鳜鱼、鳊鱼，却必须是河里的活鱼，一斤左右一条，适合小女吃，少鱼刺。几个卖鱼的人我都认识，其中一对五十来岁的夫妇鱼摊，我是光顾得最多的。我只要往他们的鱼摊一站，女的就从篓子里拿出鱼，男的则用手指摸摸菜刀钝出齿轮的刀口，深深划进鱼腹，一只手按住鱼头，一只手伸进鱼腹，掏出鱼脏。鱼放在食品袋里，还在扭动。有一个沙溪的卖鱼妇女，我买一次鱼，骂她一次。她个矮，有些肥胖，有黑黑的胡子，像是从来不洗脸。我说："你怎么不杀鱼呢？"她说："你自己杀吧。"我说："你干什么的！"她嘿嘿地傻笑。她把鱼杀好了，包进袋子里。我说："你怎么不去鱼鳞呢？"她去了鱼鳞，说："可以了吧？"我说："鱼鳃还没有去呢。"我哭笑不得。

我并不知道这条街叫什么名字，我们习惯称八角塘。其实，我完全可以往广场或步行街走，送女儿去幼儿园，或上班，路程也相当。但我喜欢八角塘的气味：流动的，庞杂的，世俗的。这是生活分泌出来的体味。生活像一具奔跑后极度疲倦的身体，浑身都是汗液，满脸尘垢，毛孔张大。刃口缺裂的斧头，沙哑的号啕大哭的电锯，在街边，五个青壮年的男子正对一棵树进行"肢解"。树横在马路中间，交会的车辆排着队，喇叭声此起彼伏，树蔸有好几圈不规则的斧口，电锯的横切面像一块面饼，贴在斧口上。

我一般是送女儿进了学校，在返回时转一圈，看看有没有好菜买。在街角，有一矮小的"皂头佬"，常年从乡下搜索来土鸡、田沟里的泥鳅等，高价贩卖。有一次，我的乡下同学送了五斤石鸡给我，让我犯难。因为我不敢宰杀动物（除了鱼）。我老婆更是束手无策。我提着蛇皮袋，找到"皂头佬"，我说："给你两块钱，帮我宰杀一下。"边上卖鹌鹑的同伴说："宰杀要不了什么时间，就不收钱了。""皂头佬"说："不收钱，不收钱。""皂头佬"拿出没有刀柄的菜刀，边杀石鸡边说："你是我见过的，最舍得吃的人。"我说："我只不过侍候好自己的胃而已，谈不上别的。"石鸡个个拳头大。"头和内脏要留吗？"这个满嘴烟味的人说。我说："谁会要这个。"他的衣袖沾满动物的体液和血迹。我说："你天天杀生，晚上睡觉会不会做噩梦？""皂头佬"露出黑黑的牙齿，咧嘴说："你天天吃都不做噩梦，我更不可能。""那你干的活可能是世界上最残忍的活了。"我说。"皂头佬"说："你贪吃，又贪生，是个伪君子。"我们都哈哈大笑起来。杀好石鸡，我摸摸口袋，没有零钱，给了他十元。"皂头佬"接过钱，摸摸钱的水印，说："算是一包烟钱吧。"

"皂头佬"斜对面的那个卖菜妇女，我有点烦她。说不上原因。她四十多岁，坐在小板凳上，手不停地剥豆子，眼睛看着路人。她大多时候是最后一个卖完菜回家的人。有几次，新闻联播都开始了，我才下班，我看见她还守着小摊子。有一次，是在春季吧，夜色缠绕了指尖，我看见整条巷子里只有她守着一小钵白玉豆。我问，白玉豆多少钱一斤。她说，六块。我说，我买吧。其实我没想买，只是想让她早些回家。她卖蔬菜，辣椒、萝卜、芋头、大蒜之类的，豆子是每天都有的，豌豆、毛豆、蚕豆，她的手指头没有空闲的时候。她的手指头短、粗，有皲裂的黑缝。正常上班的情况下，我每天路过她身边四次，她每次都说同样的话："买点菜吃吧。"她的眼睛一直看着你，除非你把头转向另一边。一次，我买豆子，我对这个有点龅牙的女人说："你一天要问多少遍'买点菜吃吧'？"她说："我习惯了。"我说："我都听烦了，你累不累啊？"她说："不是讲价就是吆喝，不然嘴巴都没用处了。"我说："你的吆喝是不是要在家里练习，不然你的吆喝怎么会让人听起来那么哀怜呢？"她低下头，剥豆子。虽然烦她，但我还是尽可能光顾她的菜摊。我知道，一个人的声音就是内心的容颜。

我住在白鸥园差不多有七年了，八角塘的路也走了七年。这条街道无意之中丈量了我每一天的生活。我们盛开在各自的生活里，即使是盛开得如同枯萎一般，也是所允许的，只是各自盛开的秘密我们都无从知晓。

废墟上的远方

　　所谓远方，并不是地图上的两个点，因为所有可以通达的地方并不遥远。你知道左心房到右心房有多远吗？你知道从手心到手背有多远吗？你知道从左眼到右眼有多远吗？也许远方只是一个悬念，一个没有谜底的谜，一个未知，一个移动的漩涡。它是黑暗的（被某种景象所遮蔽，像抽屉里字迹发黄的日记），萦绕的（一个让你怀念的人，会情不自禁地涌入你脑海），灼热的（不是扩散而是聚集的痛，在皮肤上慢慢燃烧）。这样说，似乎有些矫情，但1996年以后，我相信这个说法——我有些偏执，经常按照自己从生活中得到的"真理"，去观照身边的情景与人事。

　　从你家到W医院，直线距离约10公里，坐直达车用不了20分钟。1996年的市区到郊区，还没开通直达车。在星期六下午，或星期天，有时是星期四的晚上，你会去W医院，探望你二弟。你坐车的路线是这样的：坐8路车到交通大厦，转11路车到三江大市场，再坐上饶县1路车到W镇，在泥浆路上步行17分钟到W医院。线路由2个"N"字组成，像盘结的肠道——我当时确实无法剖解"线路"给我的谕示，生活无非是两种方式：把简单的东西复杂化，把复杂的东西简单化。"W镇真远，来回就要3个小时。"你抱怨说。"倒是不远，但确实让人疲惫。"我说，"事情很快就会过去，人和生活一样，不是一成不变。"晚上去

W 镇，则要 16 元租用港田车。港田车是一种三轮摩托改装的，有焊铁的雨棚，污浊的布帘。它奔跑的时候，一跳一跳地，排气管冒出浓烈的黑烟。坐在车上，我会想起古代疾奔的马车。

W 医院在 W 镇的东面，比邻河流。医院的院子里耸立着女贞树和白桦，尖嘴鸟、红嘴鸟、灰山雀叽叽喳喳地跳来跳去，显得院子更加空落和寂寥。围墙刷了一层石灰水，楼墙嵌了瓷面砖，惨白的光好像不是反射而来的，而是从物体的内部激射而出，刺骨的寒冷。我没有见过比它更安静的医院——病人睡着了一般，医护人员不是看书、打瞌睡，就是对着取暖器发呆。而千米外的街上，一片喧哗，有人打架，有人吆喝，有人搬一张桌子在街边打牌。在自行车后架放一把泥刀的人正准备去市里做短工，从车上拎下几麻袋货物的是商贩。另一家在街中心位置的医院，挤满了各色人等。"我小孩已经发烧两天了，会不会有肺炎？""真是祸从天降！喝醉了酒的司机把大货车开进了我家里，把我老头子的腿都撞断了。"

"这是一个被遗忘的地方。"我对你说。"不。它像个火炉，会把一个人重新燃烧起来。"你说，"你看到的是火炉里的灰烬。"

W 镇是上饶县南乡小镇。上饶县以 320 国道为中轴线，分南乡和北乡。3 月，南方的雨水还没有到来，村野里，泡桐花就迫不及待地宽衣解带。W 镇，南方以南的 W 镇。它有着南方的柔软和明亮，大片的松林和遍地的葱茏菜蔬，是大地的斑纹。被风从酒厂吹过来的酒香，渐渐地与柚子树、山茶树、木槿的气息，融为一体，悬浮在空气中，变成小镇馥郁的体香。它那么疏朗，多年以后，被一个人带走，永不复返。

第一次看到你二弟是 1995 年冬的一个夜晚。你对我说："二弟放假了，我们一起聚个餐吧。"餐馆位于解放路的旺旺美食广场。聚餐的还有你的大弟弟，以及他女朋友。我们边吃边聊，一直聊到深夜一点。你二弟是个非常健谈的人，二十出头，脸上长满粉刺，一脸忧郁。其实，之前我就从你的口中，对他有大概的了解。"你要对我姐姐好。"席间，你二弟反复对我说这句话。他不像个弟弟，反而像个年长者。他的成熟与他的年龄不相称。我无法回答这个话题——我既不是你的男朋友，也不是你的未婚夫，而且我自己也不清楚，我和你到底是什么关系。你听了他的话，哈腰笑了起来，说："傻弟弟。傻弟弟。"

　　我认识你已经有两年了。我是通过我一个朋友介绍认识你的。之前，我就听说过你。你有一副好歌喉。你长得娇小瘦弱，短肩发，脸白皙圆润，有一口皎白的石榴牙。你爱梳洗睫毛，长长的，显得眼睛格外有神。

　　年后不久，我就听到了你二弟住进 W 医院的消息。我是从你一个老乡口中得知的。我非常惊诧。我想，可能我愚笨，看不出事物表象背后的东西——那两年，你每隔两个月，就要去千里之外看你二弟，我以为是你对二弟过度的溺爱。

　　W 镇，它作为一个阴影的代名词，占据了我的心。以前，我去过无数次 W 镇，尤其在春天，隔三岔五就去看迷眼的、金黄的油菜花，观察花的盛开与衰老。W 镇，它以平坦的地貌化解了南方的阴郁，矮小的丘陵把江南的色泽勾画出层次。我第一次去 W 医院，是在晚上。街上朦胧的灯光，在细雨中变得恍惚，加速了天空的下垂。天空像一个塑料袋，灌满了水。那年的雨季提前到来，让人喘不过气来。你二弟的病房在住院部二楼。夜晚就连呼啸也是寂静的，掩埋在灰尘里。

　　你出身于书香门第之家。你家住在郊区。从 1995 年到 1997 年，差不多每个星期我会去一次，要么送你回家，要么接你出来，一般是在晚上。通往你家的路，是一条颠簸的土路，只有 8 路车经过，没有路灯，每个月都有抢劫事件发生。

你家附近的空地长满了乳酸草和小柳树。我作为护花使者的终点站是你家的楼道口。我从没去过你家。我知道，那是一个我想熟悉却不可以熟悉的世界——它是你心灵的仓库。我听一个我尊敬的长者说，你父亲在1995年秋，得了什么病，行动不方便，你母亲也因此被打击得抱病。你从来就没有向我提起过。我看到的你是一个快乐的人。

"我们是非常默契的谈友。"你说。"谈友"，成了我们的身份。我知道有一个男人在追你，我认识他。他是我朋友的表哥，三十来岁，胖胖的，开了一家小工厂。他是你的老乡。他是一个极其善良的人，在那几年，他几乎每天都去看望你父亲。我说，他是一个具备优秀品格的人，现在这种人已经不多了。"他是很好的人，可是我们没有共同语言。我努力地接受他，但发现我根本做不到。"你说。"可能在他眼里，我是一个障碍。"我说。更深入的交谈，只会让你陷入更深的泥淖，也就没有太多的意义。也许，障碍是彼此的。

偶尔，你也去你工作的单身楼里。那是一栋古典的建筑，在一座小山上，鹅卵石砌的草间小径，迂回着。穿过一个木质的亭子，一条在荷花池上曲折的回廊，就可以看见二层结构的木楼。你住在二楼靠右边的房间。从你的窗户远眺，市区尽收眼底，灯光迷蒙，信江潋滟。这样的高度和角度，都是能让人产生遐想的——我想，我们的青春期无非如此。有一次，我去找你，你正在为全校的歌咏比赛做准备——教学生唱歌。我站在小径上，教室里的灯光斜斜地照过来。你的手里握着教鞭，面带甜美的微笑。我看了你一个多小时，又回去了。我感到我的心里突然有一只兽，它的爪柔软而锋利，我怕它伤到你。

河流两岸水草肥美的时候，夏天到来了。两岸像一把折扇，被葱绿的河水打开。你每次去 W 镇，都怀着很高的兴致，好像不是探望一个病人，而是与一个久别的朋友重逢。我记得有一次你对你二弟说："假如你每天想见一个人，你就会很幸福。"其实，这句话是说给我听的。

2005 年 3 月 5 日下午，我陪女儿聪聪在滨江路玩。这是一条带有休闲走廊的繁华街道。古老的步行桥通往水南街。我看见一个二十多岁的年轻人坐在桥栏杆上，久久地对着河水发呆。我也那样发呆过，我纠结于漩涡中水流是怎样咆哮的。不知怎么的，我突然想到了你。我赶紧捂住了自己的嘴巴，怕口腔里的声音倾泻而出。

1997 年秋，你二弟离开了 W 医院。1000 公里的路途是否遥远？上饶到广州，正是这个距离，坐 14 点 30 分的火车，次日 8 点 50 分到达。我经常坐这趟火车远游，假如有一个你这样的"谈友"陪伴，整个旅途是短暂而愉快的。把 1000 公里分成 100 次的等距离走，会怎样呢？4000 公里分成 200 个等距离来回完成，又会怎样呢？从你家到 W 镇，刚好是这个来回的等距离。完成这 4000 公里的方式是公交车、港田、自行车、徒步。

直至今天，我也没有看过你的父母。我只在你的相册里，看过你的全家照。照片里的你还是扎个羊角辫，穿花格的连衣裙，你的父亲戴副黑边眼镜，瘦，个子高挑，有儒雅的气质。你母亲穿旗袍，圆脸，双眼里仍然有少女的单纯。我不知道你的父母现在是否还健在。

1997 年的冬天似乎比往年更寒冷，冬雨绵绵。有一天，我还在睡懒觉，听到当当当的敲门声，我开门一看，是你。我的宿舍在书院路的一个山坳里，偏僻，地形复杂，你从没来过。我说："你怎么来了？"你说："我想请你陪我旅游。"你的话让我惊讶。我们商量了许多条旅游线路，以及许多旅游城市，如广州、昆明、庐山、苏州。你说："去婺源吧。我只想失踪几天，就近吧。"我说："好。"可是，晚上，你给我打电话说："我今天去你那里，显得有点荒唐。请原谅我，我不去旅游了。"我们通了两个多小时的电话，听起来你很伤感。你很少会这样。1996 年夏天，你放弃调入广州某大学时情绪也没如此低沉。

过了一个星期，我收到你的来信，你说你已经与那个胖胖的男人订婚。你说你是一块拒绝融化的冰。你说你的心里很温暖，但又寒冷无比。信只有两页，字迹是娟秀的行楷。纸张有稀疏的水渍的痕迹，一滴一滴，洇开。我读了开头，就不再读了，紧紧地把信合在手掌心里。我感到我的"谈友"，去了远方。

之后，我再也没见过你。你婚后一直住在南岸，和我一个朋友住一栋楼，与我办公室隔河相望。我打开办公室的窗户，一棵槐树的枯枝伸了进来，它去年还是茂密的。信江逶迤而过，春天的冷雨在河面上铺了一层绵密的水泡。雨一滴追赶着另一滴，激烈、闪眼，像时间的奔赴者。南岸的风景被一片樟树遮蔽着，露出白墙、屋顶的广告牌、黝黑的桥拱、慢慢移动的人影。信江桥，宽 25 米，长 350 米，从我楼下，直通对岸，驾车正常的行驶时间是 1 分 20 秒，但它每天堵车的时间有两个多小时。然而，南岸是一个我可以天天看见的远方。

是的。也许你会以为我是一个善感的人。其实不是。对生活而言，有许多人是注定杳无音信的——他（她）们是不可抵达的远方。

你不知道山中有多美（节选）

不要去寻找彩虹

"你看看，南浦溪上有彩虹，还是双彩虹呢。很少见。"我第一天来到院子里，行李还没放下来，接我的人就指指东边，喜滋滋地对我说。我站在门口的含笑树下，出神地看彩虹。其实，我一下车便看到彩虹了。它在两个山坳之间的上空，像两座七彩拱桥，烈日之下，阵雨过后，亮晶晶的。阵雨是过山雨，路面没被浇透，就结束了。地面一层层的蒸汽，翻上来，热浪扑面。

彩虹，我很多年都没见过了。

收拾了行李，安顿了下来。我在院子四处走了走。我要熟悉这里每一棵树的年龄，每一种植物的名称，每一件手工器物的来历。我写了一份清单：大圆匾三块，洋铲、铁锹各两把，两齿锄、宽嘴锄各一把，大铁锤一个，小铁锤两个，板车一辆，簸箕两个，畚箕、竹筛各一个，吊锅一个，小火炉三个，棕绳十米，老虎钳两把，三寸铁钉、一寸铁钉各一斤，斧头一把，鱼篓一个，圆篮、扁篮、提篮、背篮各一个，硬木炭五十斤，石灰一百斤，活性炭二十斤。伙房老张在旁看着我写，说："你写的字，我一半都不认识。"我说："这是我的错，要不我读给你听一遍？”老张说：“我才读了一年半的书，妈妈过世了，我就没读了，差不多是睁眼瞎。”“不好意思，明天我和你一起上街采购吧。”我说。

饭后散步，我沿溪边走。老张看我一个人去溪边，说：“溪边草盛蛇多，我和你一起去吧。”我说：“什么时间带你家人来，我认识认识，请他们吃一餐饭。”老张说：“哦，我老婆就是站在门口那个，穿红裙子的。”我“哦”了一声。其实我没在意门口的人，我低头走路，心里一直想着晌午的彩虹。我问：“这里经常有彩虹吗？”我捏一根烟在指间转来转去，也不点火。老张看看我，一时不知道怎么回答——他有些惊讶，眼神有些怪异。

我有一个小本子，用来记录植物、记录每天的意趣。在本子上简单写几行字，或画几个只有自己看得懂的符号，在需要的时候，可以帮助我记忆。出门时，我把本子揣在裤兜里。从四十岁开始，我记忆力严重衰退，尤其记人，无论是面相还是名字，我都要见了三次才对得上，为此得罪了很多人。第二次来的客人，我请吃饭，饭局结束了还想不起客人叫什么名字。看过的书，也这样。《百喻经》看了三遍，扔下书，一个故事也记不住。但在某些方面，记忆力不但没有衰退，反而更强。如，在某一个地方，有一棵特别的树，瞄一眼，再也不会忘记；在某一个地方，有一个马蜂窝，想忘记也忘记不了。又如，某人的一个眼神，人忘记了，眼神却沉在心里。

这天的彩虹，我再也没忘记。低矮的山梁，长满了灌木，有一棵板栗树却高大婆娑。彩虹跨过了山梁，跨过了南浦溪，板栗树像一把撑开的雨伞。从构图上说，它们构成了自然的美学关系。

每次下太阳雨，我便站在三楼天台上，眼睛忙碌地搜索，看看哪儿是不是又出现彩虹了。山中多阵雨，大暑后，几乎每天晌午都有。沙沙沙，没响几声，又没了。可我一次也没看到彩虹。

彩虹。彩虹是世间最美的光与色。虹是气象中的一种光学现象。当太阳光照射到空气中的水滴时，光线被折射及反射，在天空上形成拱形的七彩光谱，半圆状拱形。拱形廊桥，我们叫彩虹桥。婺源清华镇的彩虹桥，是徽文化绝品。散文家鲁晓敏研究古桥梁十余年，走遍中国大地。他对我说，清华镇彩虹桥是古桥梁的瑰宝。20 世纪 80 年代，有一部根据古龙小说改编的电影，叫《圆月弯刀》，我至少看过十遍。三少爷有一个名招，叫"弯刀夺彩虹"。对于一个剑客来说，当然只有弯刀夺走彩虹了。色彩艳丽的彩虹，不如刀光犀利绚美。

彩虹中有霓。霓是什么？平时并不知，百度搜索才得知，雨后天空中出现的弧形彩带，也就是彩虹，色彩鲜明的叫虹，排列顺序与虹相反，色彩比虹暗淡的叫霓，也叫副虹。霓和虹的不同点仅仅在于光线在雨点内产生反射的次数，水滴内经过一次反射，光色形成彩虹（主虹），进行了两次反射，有了第二道彩虹，即霓。霓的颜色排列次序跟主虹是相反的，按波长排列次序为紫靛蓝绿黄橙红，颜色排序为红色在外、紫色在内的叫虹，而紫色在外、红色在内的叫霓。由于反射会损失光量，因此霓的光亮度较弱。彩虹是全圆的，没有起点也没有终点。太阳与地球的垂直角度，和观察者的角度，决定了彩虹在视觉中呈现的长度。视觉中的彩虹，只是彩虹的一部分，另一部分在地平线以下。

山中瀑布常现彩虹。我儿子六岁时，我带他去贵州黄果树看瀑布。他比我想象的勇敢，沿景区走一圈，需要两个小时，泥滑路窄，他不要我抱。在帘瀑水洞，他紧紧拉着我的手，问我："这里面是不是有妖怪？"我说："有妖怪怕什么，里面有孙悟空呢！"在茶寮休息时，瀑布前，彩虹出现了。所有人都惊叫起来。七色的光，罩住了峡谷。大家赶紧拍照、合影。彩虹持续时间比较长，令我们大饱眼福。

入秋之后，雨未落一滴。我给远方的朋友写信：

……

　　近来，我有些沮丧，还没深入荣华山腹地，露已经白了。我收集的各种树皮，用麻绳穿洞，挂在房间了，风吹，会慢慢转动，看起来像古代的磬（虽然没有声音）。上次，我对你说过，我要去找一个彩虹经常出现的地方，好好观察一下彩虹。可惜不能如愿。彩虹可能出现在任何地方，也可能不在任何地方出现。看见彩虹，需要奇遇。你几次说，要来看我，哪怕离我再远，你也会来。这可能仅仅是愿望了。或许，我们都不会有再见面的机会。有这样的愿望，已经很美好了。

　　哦，我寄给你的酱收到了？那是我自己做的。我第一次做，不过味道很好。山区产豆，山民自己留豆种的。我种了两块地的辣椒，霜降后，我制些剁椒寄给你。

　　你的诗集，我一直带在身边。反反复复地看。

　　……

　　看自己写的信，我微微笑了。把信点上火，信纸慢慢卷起来，灰落在烟灰缸里。我把一卷白玉兰的干燥花，装在信封里，留了几个字："假如雪花也能邮寄该多好。请快递员在夕阳西下前寄走。"

　　渐渐，我彻底忘了自然界中还有彩虹。似乎，我热衷做的事情太多。其中之一，是观鸟。我买来很多有关鸟的书，反反复复地阅读，可记不住，上了山，也辨识不出鸟。但这些不妨碍我观鸟的热情。辨认得出和辨认不出，于我而言，没有实质意义。看鸟筑窝、看鸟育雏、看鸟立枝头，听鸟鸣于涧，都是愉快的事。没有不美的鸟，只有更美的鸟；没有不悦耳的鸟鸣，只有更悦耳的鸟鸣。我也对应着书，在网上听鸟叫。听多了，走进山里，听到熟悉的鸟叫声，我也能知晓一二。我特别佩服美国作家约翰·巴勒斯，他是个博物学家，听鸟声，他便能判断是什么鸟。他是世界上写鸟声最动人的作家。他戴一顶圆太阳帽，手上始终不离双筒望远镜，一年四季走在森林里。他钓鱼、打猎、赤手与熊搏斗，强悍无比。他笔下的鸟声又那么柔软，像他心上人喜悦地啜泣。

有一次观鸟，回来得很晚。我在北山脚下村舍吃晚饭。秋月盈盈。凉爽的夜，晚露在悄悄凝结。有一条机耕道，从南浦溪通往小镇。我和同伴步行回来。圆月生辉，山色明净。宽阔的南浦溪静静地流淌。溪上，有一道半圆形的白光跨过。同伴有些惊惧，说："这是不是灵光啊？"我停下了脚步，说："我们多有福，这是晚上出现的彩虹，叫晚虹，低光线下，看起来是全白的。"

路上，我有些兴奋。之前，我也没见过晚虹。来深山半年，觉得一切的辛劳都值得。大自然就是这样，出其不意的时候，会展现出奇异之处。大自然有很多魔法，变幻出珍贵的景象，只有深入其中的人，才能获得它的赏赐。

三清山是坐落在赣东北的名山，佛道合一的福地。夏秋两季，每天有很多人在山上搭帐篷过夜，等待看第二天的日出。滚滚云海，缥缈无边。霞光鲜艳娇美，如西红柿汁一样。清晨的云海，经常会出现彩虹，像天空的一道七彩拱门。空气湿度大，光色变化度也大。霞光会聚在云海上，和彩虹一起，构成了传说中的佛光。我一个邻居拍到了一张佛光照片，把照片镶嵌在木框里，挂在厅堂木壁上。

彩虹，许是最美的自然现象。它绚丽，转瞬即逝。至美的闪逝之物，会留给人很多伤感。如露珠，如白霜，如彩虹。

我是一个迷恋幻觉的人。有时，我一个人坐在沙发上，不想看书也不想别的什么，会轻轻合上眼睑。这时，会有幻觉到来，各种场景和纷繁的人物，从休眠中复活。当我睁开眼睛，幻觉消失，有时会无比悲伤。我总是在期待中生活，即使遭遇痛苦的挫折，我也不悲观，我总是相信，所期待的会在某一天到来。我所期待的人会出现，我所期待的事会发生。人的一生，就是一个幻觉，一个梦游者的幻觉，生命结束，幻觉消失。

彩虹，也相当于一个幻觉。但它真实地存在。

冰的归程

窗外有了白白的阳光。卧病半个月，我喝了半个月的粥，天下了半个月的冬雨。冬雨细绵。我哪儿也去不了。几盒药放在木桌上，我拆也懒得拆开。怕冷。我以前从不怕冷，也不怕热。再热的天，我也不开卧室空调，冬天也不穿羽绒服和棉袄。人是自然界其中之一的物种，可以顺应节律。卧病太久，身体过于虚弱了。

阳光从毛玻璃洇透进来，淡淡晕黄。我披上一件破旧的军绿色长棉袄，穿上厚厚的棉鞋，双手抱住前腹，佝着身子，一个人去溪边走走。溪水东去。冬田铺上了黄绿色的紫云英。几只白鹳在溪水里驻足，低头觅食。我不走草径，走田埂。

田埂有一丛丛枯死的竹节草。鹅肠草也一节节地枯死了，留着草绿的根茎待春来发芽。松脆的响声，不时从鞋底下发出。田埂有积水形成的冰块，被我踩碎了。噢，这个冬天，我第一次发现了冰。我不去看溪了，溪水结不了冰。我在水沟找冰。

每块冬田，都有排水的田沟，田沟大多干涸了。我反身去山坳里的冷浆田。冷浆田四季积水。果然，冷浆田结冰了，积水浮起薄薄冰块，草屑、昆虫都冻在冰里。我扔小石粒，击打冰，当当当，冰碎出一个窟窿，或者，冰块塌陷下去一点。

每一朵雪花，都不相同。雪粒是六角形的微晶体组成，雪粒组成了雪花。雪粒组合的不同形状，有了不同雪花。在现代高科技的摄影机拍摄下，雪的世界，纷繁多姿，玄妙无穷。我不知道冰是否和雪花一样，每一块冰是不是一个独立的晶体世界呢？

我知道冰形成的原理，但我没看过冰形成的过程。我决定实验一次。睡到半夜，我端一陶碗水，摆在敞开的窗台上。我裹着长大衣、包着头巾，站在窗前。冷空气呼呼灌进来。我翻看川美翻译的约翰·巴勒斯的《清新的原野》，不时溜眼看碗里的水。我感觉到自己的双脚像注入了冰水，麻木而肿胀。陶碗里的水，还是水。我在院子里，来来回回走了十几圈，脚板发热，陶碗里的水，还是水。我端一把藤椅，在窗下坐下来，身上盖一条棉抱被，继续翻看《清新的原野》。

碗里的水映衬着蒙蒙的灯光，像一支水下的蜡烛在燃烧。书看了一大半，我熬不住，还是上床睡觉了。

睡到第二天十点多，我才起床。喉咙很干燥，四肢有强烈的阻塞感。我喝了一大碗苦茶。苦茶是从老家带来的。老家有一个邻居大婶会做苦茶。每年四月，树木发青，大婶自己上山采草木青叶。苦茶有三十六种植物叶，搓揉在一起，在铁锅里翻炒，在炽热的阳光下晾晒，密封在陶器里半年，要喝的时候，把手伸进陶器罐，抓一把上来，用滚烫的热水冲泡，泡一刻钟后喝掉。无论我感冒多严重，喝三碗热苦茶，全身通畅。我几次想学做苦茶，因误了采摘时间而作罢。哪三十六种植物？我不知道。我只知道其中的十来种，如五加皮、乌饭柴、檵木、何首乌、扛板归、茶叶、荀骨莉、枳椇、野山樱、土桂花、苦槠。卧病期间，我每天喝三碗热苦茶。早晨起床时一碗，午休后一碗，入睡前一小时一碗。苦茶并不苦，微甜，喝起来有粗涩感。茶也是药，药也是茶。苦茶泡好，我才想起窗台上的一碗水。我推开窗，碗里有一小圆块浮冰。

浮冰圆心厚，周边薄。许是凌晨结了整块冰，慢慢消融，留下这中间的小块。冰纯白。我很小的时候，在严冬时做过冰。白糖水盛小半碗，放在屋檐下的柴垛上，做棒冰吃。

凛冽的寒冬，很多地方都会结冰。屋外，除了溪流里，有水或露水之处，都有冰。悬崖的岩水结成了冰层，屋檐挂起了冰凌，路上结了冰冻。冰层扣在悬崖上，像一堵冰墙，蓝白相间的光炫目。在南麓的山顶，有悬崖，春夏之际，雨水充沛，悬崖泻水如瀑布。崖下有水洼，因常年冲刷，有了雨潭。雨潭澄碧，可长不大的山溪小鱼。小鱼透明，鱼骨清晰可见。虾也透明，比针粗一些。夏天，山民来雨潭游泳。雨潭有一块四边形的巨石，很平整。巨石侧边有一棵百年老冬青。溽热的午后，巨石上有山民在午睡。冬天，崖壁有泉水渗出来，滴答而下。雨潭被跳溅的水珠惊醒，慌张地扩散起水波纹。崖壁有一层油绿的苔藓。严寒来了，冰在崖壁上卷起冰层，水浪似的凝固漫卷。雨潭也结了一层厚冰，人站上去跳，冰也不裂。

我最喜爱看的，当然是冰凌。当然，这是孩童的乐趣。毛毛冬雨下了前半夜，第二天早起，打开笨重的大门，看见屋檐挂了长长的冰凌，倒圆锥形，便欢叫起来：有冰凌了，好长啊。然后端一根竹叉，打冰凌。啪嗒一声，冰凌落地而碎。然后把身上的棉袄脱下来，抱在手上接冰凌。冰凌成了手上的玩具武器，我们似乎一下子进入了冷兵器时代。家家户户的屋檐，挂着冰凌，闪射着白光。太阳出来，冰光不再刺眼，柔和如霓。

荣华山下，已无瓦屋。山中树梢，挂满了冰凌。松林、木荷林、苦槠林，从树叶披挂下来的，都是细长的冰凌。山深，更加阴寒，阳光也难以照入树林里。冰凌便一直挂着，一天比一天长。将落的树叶受不了力，被冰凌坠下了枝头。冰凌里，有黑头蚂蚁，有虫蛾，有鸟屎。涌泉有了白白热汽——热汽在半空成了露水，凝结在树叶上，滑落下来，又成了冰凌。

有冰的季节，扣鱼冻，是山村人热衷的。鱼要溪水鱼，三斤重皖鱼为佳，切两指宽半指长，用盐腌制一小时，热油姜末爆，翻炒过的萝卜丝作底料，冷水煮半小时，辣椒、芹菜作料，盛在大碗里，鱼汤浸过鱼块，放在木橱柜里。过一夜，煮鱼成了鱼冻。这是人人爱吃的菜，先吃冻，后吃鱼。美味都在冻里，鱼块索然。一条三斤重的皖鱼，可以扣三大碗鱼冻，一天吃一碗，吃一口，满嘴的胶原蛋白。

南方结不了厚冰。晌午便冰融了。东北的湖冰三个月也不融，冰面可开大货车。垂钓的人，在冰上凿冰洞，下线钓鱼。南方的湖泊只有湖边结薄冰，松脆的饼干一样，水的颜色，透明。冬至以后，鱼休眠不食，吃溪水鱼是一件不容易的事。鸬鹚下水，抖落抖落几下翅膀，哗的一声，钻入溪流里，把鱼叼上来。

在伙房后面，我修了一个鱼池，用黄泥石块砌的。鱼池的墙面长出了牙签一样的冰莉。冰莉坚硬而脆。鱼池像一个蜷缩的刺猬。太阳出来了，冰莉慢慢软化，掉下来。特别严寒的夜，鱼池里的水会结冰，厚厚一层，人站上去，跺脚也不裂。三条皖鱼、一条红鲤鱼、五条鲫鱼，在最底下，裹着冰，游动不了。我几次担心，鱼会冰冻住而无法呼吸，窒息而死。可我的担心显然多余，冰隙有水，鱼暂时成了冰封起来的标本。

路面的雾水结冰，泥层蓬松。路面滑，人无法行走。用棍子把路冰捣碎，冰片几分钟便化成水。湿湿的路面，像淋了一场雨，留下了泥泞的脚印。人的脚印，山兔的脚印，狗獾的脚印，兀鹫的脚印。脚印让寂寞的山，有了人世间的气息。

我在院子里，埋一个大玻璃罐，盛半罐水，把鱼池里的冰敲一块下来，放在玻璃罐里。冰块一天也不会化。镇里理发的拐子师傅来我这里，取笑我：养菖蒲，养苔藓，养地耳，都见过，可养冰，还是第一次见。我说，养什么不重要，养的东西都是外在的物象，其实要养的是心象，眼里看到的是物象，心里悟出的是心象。

我有几个石钵，婺源买回来的。石钵养过很多东西，水仙、葱兰、金鱼、泉水螺、蛹、蜗牛，养的时间都不长。养过一钵山中挖来的野吊兰，有三年时间，送给了别人。这是时间养得最长的。我不会养东西，养不好。养冰，是第一次，我也只是想看看冰浮起来的样子。

潘美辰唱过一首歌，叫《拒绝融化的冰》，黄介文作词、陈进兴作曲。在 1997 年，我和何姓朋友常在河边喝茶。她很喜欢唱这首歌：

> 我是一颗拒绝融化的冰
> 坚持这样的角度和坚硬
> 我是一颗拒绝融化的冰
> 坚持不变的寒冷和清醒
> 我也曾经温暖
> 我也曾经轻柔

不知道怎么的，我想起了这个朋友。我们已经有十几年不曾见面了。每次听她唱，我都欣然悦然。或许，我那时年轻，热爱棱角分明的东西，热爱低温度的东西。其实，冰哪有不融化的呢？融化和碎裂，是冰的归程和宿命。

这个冬天，恰逢人生中第一次卧病。我也不吃药，只喝苦茶和粥。半个月后，我才慢慢恢复。我去不了山里，也去不了旷野，我待在院子里，生出了许多枯寂。我也是一个热爱枯寂的人，但过于的枯寂，人会失去生机。我可见的，除了院子的树和枯草，也只有清晨的冰了。冰和露、雾、霜一样，都是水的另一种形式，是饱受严寒的水。在一个病人眼中，冰有了悲伤的消逝之美，那么动人。

第四辑 卑微的隐喻

地窖里的人

　　东路八号是我谋生的地方，它像一个巨大的蚁穴，早早晚晚，都有一群蚂蚁在忙忙碌碌，进进出出。隔壁是印刷厂，墙体呈铅灰色，院子里搭建的阔大的石棉瓦雨篷里，停满了自行车。守门人是一个清瘦的老头，很少看见他执勤，他整天趴在破桌上睡觉，流涎水，巴掌大的一块，淹在他枯树皮一般的脸颊上。仿佛他不是在睡，而是被梦魇按住头，怎么也抬不起来。梦魇是个铁链，谁也解决不了，锁着他。他是一个把生活交给梦魇的人，呈现给我的，只不过是他的倒影，或者幻象，我们倒像是他梦魇中的一群梦游者。临街的是一栋矮房子，青砖黑瓦，靠近丁字路口，有一家小快餐店。附近单位中午不回家的人，都在这儿吃饭。偶尔我也会光顾这里。快餐店有二十多平方米，摆了七八个单人小桌，里面是厨房和收银处。收银的，是一个女孩子，圆脸，脸上满是粉刺，因过于丰满而显得上重下轻，像个圆锥陀螺。她有一头很美的头发，长长的，盘成发髻，像怒放的葵花一般。她的父亲，也就是快餐店老板，四十多岁，矮个子，戴一副眼镜，穿一件藏青色厨师服，负责给客人添饭添菜。老板娘是个"八哥舌"，爱说话，什么事情也不沾手，坐在藤椅上，和客人聊天。她有两个女儿，除了店里这个收银的，另一个在摄影店上班。

　　有一次，一个十三岁的小女孩，对我说："你盘里的肉丝怎么不吃呢?”从1994年始，我很少进食肉食，原因是控制体重和拒绝吃饲料喂养的动物。她很瘦小，穿一件红花的秋衫，脸长。她又说："你不吃了？我是不是可以吃你的？"我还没说话，她拿起筷子把我的菜全挑到自己的搪瓷碗里。我说："要不我给你买一份炒肉丝，我吃过的，不是很卫生。"她笑了一下，端起碗走了。这是我第一次看见她。事实上，我很少吃快餐，虽然我单身多年。我十三岁开始吃学校食堂，直至结婚，我看见食堂和快餐店，我的胃部就会痉挛，即使我一个人用餐，我都是选择炒菜。但也有不愿走路的时候，哪儿也不愿去，就到快餐店应付一下自己。次数多了，我和小女孩熟悉了起来。她是朝阳人，母亲在印刷厂负责院子的卫生，工作半天，一个月两百块钱。她读小学四年级。朝阳离市区有十多公里，她们骑自行车来回。每次她来，我就多买一份菜给她。她们是自己带饭菜来的，在快餐店热一下，坐在门口边的麻石条台阶上吃。热一次，交二毛钱，老板见她们困苦，收了两次就免了，有时见她们饭不够，还添一些。小女孩端着我给她的菜，分一半给她母亲。她母亲抬头看她一眼，也看我一眼，不说话，继续扒饭吃，腮帮鼓鼓的，嚼动，那么用力，想要把全身的力气用在牙齿上。到了冬天，我再没看到小女孩了，或许天过于阴寒来不了，她母亲蜷着身子在门口，披着一件破衣服，仿佛她母亲的孤单是那样的与生俱来，内心有无数的寒风一阵阵地跑过又返回来。

翌年，矮房子拆了，建成公寓房。后院的建筑还是老样子，沉寂、阴暗，到处是积年的灰尘，老鼠明目张胆地窜来窜去。每个星期六上午，拐过自行车棚，穿过一个潮湿的过道，爬上满是铁锈的楼道，到了四楼，转一个梯口，就到了排版房，我在这儿上班一天，有时至深夜。

整栋建筑弥漫着油墨味和纸张霉变的腐味。阳光斜射进来，悬浮的纸屑有些晃眼。我坐在夜班房里，看电视。事实上，我并没有太多事可做，报纸大样出来，我通读一遍，校正一下。读一个版的大样，我花不到半小时。有时需要撤稿，又没适合的稿件，我就自己写，一边写一边给排版员。负责夜班的科长叫老李，玉山人，做事特别细致，人精瘦，精神饱满，戴一副眼镜，说话轻言细语，他能说很多有趣的段子，我们都喜欢他。他说话的时候，嘴角溅出白色的唾液，笑起来，眼睛像个桂圆。他上了二十多年的夜班，头发有一半是斑白的。他唯一的嗜好是抽烟。他说，上夜班不抽烟熬不住。他的眉毛长长的，半白，往两边分叉。有一次，我们恰巧在一起上夜班，到了深夜，他拿一根火柴拨烟灰缸。烟灰缸是一个瓷器花盆，满满的一堆烟蒂。我说："你找什么？"他说："找长烟蒂，烟吸完了，只好找烟头。"那时，我不抽烟，我跑了两条街道，才找到一个烟摊。老李已经五十多岁，熬夜比谁都厉害。但也有疲乏的时候，他靠在藤椅上，身上盖一个军用大衣，呼呼而睡。纸上的夜晚，冗长而寂寥。夜晚是薄薄的一片，覆盖在他的眼睑上。

　　20世纪90年代中期，这个印刷厂还是非常陈旧和落后的。设备是衢州一个厂家淘汰转让过来的，菲林片在暗房制作。暗房在另一座楼房的三楼，两栋楼之间架了钢筋天桥。制作菲林片的师傅是一个四十多岁的中年人。他没事的时候就到排版房玩儿。他的脸很黄，像柚子皮那么黄，因为偏胖而显得脸部肿胀。他有一口洁白的牙齿，以至于他脚上的手工布鞋，彼此之间缺乏关联，让人觉得，牙齿属于一个人，脚属于另一个人。或者说，牙齿长错了嘴巴，他不应有一口好牙。当然这是错觉。他的裤子总短一截，露出脚踝，裹紧的大腿很肥实。有一次，他几进几出夜班房，搓着手，一点也不自在。快下班了，他低身附耳说："你手机能不能给我用一下？"我说："可以，用手机不要这么神秘吧。"他说："前面房间有人，我不敢说。"他翻出裤袋，拿出一个窄条的电话本，从头到尾翻了一遍，手指蘸了一下舌苔，又将电话本从头到尾翻。然后他说："怎么号码飞了呢？"我说："找谁的号码呀？别急。""我女儿的，三个多月了，我没给电话。她等我电话呢。"他说，"我女儿叫我安装一台电话，我说等她毕业后再装。一台电话要一千多块钱初装费，我上哪儿找呀。"他姓黄，大家叫他黄皮。黄皮找出女儿电话，又把电话还给我，说："你拨一下，我还没使用过手机呢。"他有一个儿子，十八岁了，高中毕业后，一直无所事事。黄皮说："小傅，我儿子怎么办呢？一个大活人只知道吃饭，都不知道找事情做。"我说我想想办法。过了一个月，我托人把他儿子安排在一个企业里当验货员。黄皮拎着一双布鞋来到我办公室，说："我儿子一个月有三百多块钱，多亏你帮忙，这双鞋子是我老婆做的，你穿穿看，不合脚就再做一双。"

老李嫌黄皮，嫌他做事手脚慢，还毛毛糙糙，图片反过来制菲林，浪费时间又浪费材料。黄皮嘿嘿嘿地傻笑。老李喜欢东东。我们也喜欢东东。东东快三十岁了，还没有结婚。他鼻子不知是塌了鼻梁还是别的，整个鼻梁都凹进去，左边的嘴角缺了一大块，露出牙龈。他很少剃胡子，拉拉碴碴的，刀削一样的脸有点不规则。他身上几乎没有肉，只有一层皮，随便拉一下都可以弹弓一样弹起来。东东是拼版师傅。他重重的鼻音使得他说话时，让人觉得不是在房间里而是在防空洞。我们都爱开他玩笑。菲林片压在玻璃上，玻璃下的灯光反射上来，照在东东的脸上，看起来，他的脸像一张剪纸。他说："我是一个灶神，看着别人一天到晚吃香喝辣，而我只闻闻水蒸气。"有一次，都傍晚了，他还没来上班，晒版的师傅等了一个多小时，急死人。版没拼好，谁也不能下班。按常理，下午四点就下班。我去他家找他。他住在王家庙。王家庙是印刷厂老家属区，在市广场后面。印刷厂有两个家属区，一个是王家庙，一个是棺材坞。我单位家属区也在棺材坞。我是第一次去王家庙。也是唯一·次。家属区有两栋红砖房，各四层，相向而建，中间是一个长条形的花圃。花圃没有花，一小块一小块地种满辣椒、小白菜、萝卜秧苗、大蒜、韭菜等，边上摆着破破烂烂的花钵。东东家在三楼，过道上堆了许多柴枝、木块、卷扎起来的一次性废弃筷子，还有蜂窝煤炉，搁在走廊外沿的是一块破门板。我从一楼开始叫"东东，东东"。他一直应答着。我到了三楼，他还在房间里。他的房子有三个房间，一个是卧室，一个是卫生间，一个是厨房。厨房是进门第一间。东东把一个老人抱在怀里。我看不出老人的年纪，好像没有明显的年龄区隔线，满头白发像干瘪的丝瓜瓤一样，牙床空空，白发遮住了脸。东东说："刚把妈妈抱上楼，她晒了半天的太阳，可舒服了。"我把他的躺椅拉开，帮忙着安顿老人。房间的阴暗，是冷丝丝的空气传递出来的，像一根钢丝，缠绕人的全身。

有时很晚下夜班。我们就一起去吃简单的夜宵，填填肚子。但东东从不去。他说："你们先走，我来收拾东西，关灯关水。"我知道，卷闸门较高，他个矮，他拉凳子垫脚，关卷闸门。有一次，他摔下凳子，滚了一个台阶，幸好没伤着。我知道他经常晚饭没吃就来上班。他没时间吃，也不想耽误大家时间。有时我外带一份晚餐给他。他也不吃，下班后带回家。他走路特别快，一跳一跳地走，眼睛在街面上穿梭，看见矿泉水瓶、易拉罐、废金属，就用绳子绑扎起来，拎回家。有一次是冬天，下了夜班，都快凌晨了，我裹着长披风，晃晃悠悠地回家。他从白鸥园的夜宵摊里横出来，手上抱着一捆废弃的一次性筷子。他的皮鞋里有许多积水，走路呱嗒呱嗒地冒出声响。有片片薄光的冷夜，异样的轻，以至于他感觉不到夜墨的重量。他哗哗哗地走，空荡荡的衣袖里卷着风。我叫住他。他有些尴尬。他口吃起来，说："筷子烧火特别旺，还省下煤钱，一个煤球要一毛五呢。"

纸是我国古代科学技术四大发明之一，它与指南针、火药、印刷术一起，给我国古文化的繁荣提供了物质技术的基础。纸的使用，让文化走向平民化。我和同仁们的工作就是把文化和信息，在特定的区域里，更广泛和优质地传播出去。在薄薄的纸张上，文字暗自飞翔。但我从没有飞翔的感觉，甚至有些沉沦其中。在那些年里，我身边的朋友几乎都完婚了，我仍孑然一身。我对很多东西缺乏热情，包括成家。唯一的爱好是看电影。其实也不是爱好，只是寻找一个能把身体寄存的地方，不被人叨扰，安静地独处前半夜。东路八号的五百米半径之内，有四个电影院，都是我经常光顾的地方。最多的一天，我看过五场电影。事实上，我都在里面打瞌睡。我无所事事，却感到特别累人。我不知道别人的青春期是如何度过的。我觉得自己的青春期比一般人更长，受到更多的自我折磨，快乐所剩无几。回到单身宿舍，我连脸都不愿洗，拧开水龙头，用手搓一把，一条毛巾怎么用都是新的。我不知道这种晦暗情绪来自哪儿。我把一半的时间放在纸上阅读和书写。每次走进破旧的印刷厂，那种复杂心情很难说出来。

在一楼，叉车把纸摞好，整整齐齐地堆放成"回"字形。这些纸都将印上文字和图案，也印上我等的日日夜夜，传递到市民手中，然后回收到废品站，送进造纸厂，打成纸浆，制成纸，再运回印刷厂的一楼。循环复循环。我也在这条无形的转运带上，周而复始。咣当，咣当，咣当，机器在另一个车间彻夜吼叫，那么有节奏，不知疲倦，既不声嘶力竭，也不苦苦哀求，它完全适应了转动。在1997年至1999年期间，我选择过很多逃亡的方式，都没有成功。我就是一个溺水者。有时在半夜，我突然背起包，踏上一趟临开的火车，夜色茫茫，我也不知自己要在哪儿下车。我成婚之后，才安静下来。仿佛我那些年，一直在寻找一个答案，可我连线索都没有。当我安静下来，突然觉得根本没有答案，或者说，答案的本身就是无答案，换句话说，有没有答案都一样。在机器房的右边，有一个废纸品库房，周边的纸品回收都转运到这儿。一次，我值班，去库房玩儿。我对很多常人不感兴趣的地方，有好奇心。比如污水处理厂、水坝等。废品一捆捆用尼龙绳扎实，归类，有纸箱壳烟酒盒，有旧报纸，有期刊书籍。一摞一摞码好。我看到一本书，铅灰色的封面，包扎在里面。我有些眼熟，抽出来一看，书名为《屋顶上的河流》。打开扉页，看见签名："某某先生雅正　傅菲"。我哑然失笑。我把一捆书拎出来，解开尼龙绳，余华、贾平凹、余秋雨、鲁迅的书，散落一地。他们真是幸运，有机会进入废品站，更多的书写者连进入废品站的机会都没有，直接从印刷厂上货架回纸浆厂，连中间环节都省略。记得有一次，诗人汪峰请我和萧穷吃饭，席间，汪峰的妻子问我，一年可以挣多少稿酬。我说："羞于言辞，有生以来，最大的一笔稿费是1250元，最多的一年是2万多。"汪峰的妻子说："汪峰去年才赚600多元稿费。"我说："汪峰是隐居性写作，他才不投稿呢。"写作的人更多是强调精神意义。一个世俗的社会，强调精神意义是非常孤单的，也需要毅力，而文字的最终命运是纸浆。这是现实的无耻，也是牺牲者（文字者就是牺牲者）的无意义。我们都逃不脱。

我痴迷于纸上的奔跑，是源于内心愉悦和初衷的热爱。我想，他们也是。

不记得是哪一年了，大概是我婚后的第三年，印刷厂改制，工人实行身份置换。改制工作推行了三年，最终以买断工龄、缴纳养老保险的方式尘埃落定。国有资产处理给浙江人。有一个厂领导说："我们感谢老板，解决了厂出路的大难题。"下岗的工人重新续聘，没续聘上的自谋出路。街上多了一个背着小孩捡拾垃圾废品的人，他的头发像一堆棕毛，夏天也穿一件没有纽扣的青蓝色的秋装，衣襟毛边翻出来。他捡拾的废品装了满满的一蛇皮袋，他拖着走路，走得很快，偶尔坐下，在街树下，把裤腰上的矿泉水瓶解下来，喝一口。当他一个人走路时，那肯定是在中午，或深夜。他的鞋子形形色色，大多来自他的劳动成果。他的额门那么窄，一个手掌能盖住他整个脸。他有时一边走路一边吃东西。他有时把步行街的垃圾桶，一天翻三遍。他见了我，说："你好，这么早就上班了。"他知道我的上班时间，一般是上午九点，星期三、星期四不上班。他听惯了我上楼梯时的哼唱曲，那么刺耳，像一头快死去的公牛在哀吼。

是的。我们都认识他。我们喜欢的东东。他在改制前的两年结婚。我们都不认识他爱人。我们也不知道他什么时候办的婚礼。只是有一天，他的肩上多了一个小宝宝，春蚕一样，肥嘟嘟，眼睛大，鸭子摆动翅膀一样晃荡着小手。

现在，印刷厂完全消失了，原址上耸立起三栋高楼。老李去年死于类风湿。我见他最后一面是前年冬天，在廖兴辉诊所。他的脸完全浮肿，像个面包，走路脚一崴一崴的，很是费力。我和他虽同住一栋楼，但很多年没看见他。他耷拉着脑袋，但精神气没有散。我陪他走了很长一段路。我的心空空的，茫然无知。有很多事物，缓慢地存在着，消失起来却特别快，快得毫无防备。

37℃

　　我住过的蜗居，大略数了一下，有二十多个。那时我还是单身，搬家并不复杂，用辆自行车，来回驮两趟，就完成了。自行车是旧的，没有挡泥板，发出哗嘚哗嘚的声音。一趟是衣物、牙缸、茶杯、随身听，一趟是书刊手稿。我就像远古的游牧人，马背上驮着帐篷，不断地迁徙。在一个地方，有时住不到一个星期。在铁路边住了三天，因忍受不了火车的哐当哐当声，搬了；在火葬场对面的民房住了两天，因害怕洪水一样的哭声，搬了。也有住了六年的地方，在棺材坞。

　　棺材坞，一个让人惊悚的名字。它会让一个陌生的人想起羊群一样的坟墓，在树枝间缠绕的黑，难以消散的大雾，猫头鹰凄厉的尖叫。事实上，并不是这样的，它坐落在书院路，像个躺在摇椅上假寐的人，静听信江缓缓的水声。它是云碧峰森林公园的一部分，山冈黛翠。以前，它仅仅是个没有名字的山坞。1980 年，我的单位印刷厂选址建家属区，看中了这个窄小的山坞，说："就取名棺材坞吧。"1996 年春至 2001 年秋，我就住在这个小区的 3 栋 1 单元 1 室。

　　3 栋建在陡坡上，共三层，两个单元，死灰的水泥原色像一张岁月的脸。右边的小院，晒着花花绿绿的衣裤、棉絮、咸肉，边上有一排红砖砌的矮房，里面堆放着杂货、木料，养着鸡鸭。左边的小院紧靠着斜坡，手腕粗的樟树披挂着枝条。站在外阳台看，樟树像一群跳芭蕾的女子，挺腰，仰脸，露出脚踝，静止在自己制造的风暴中。夏天，蚊子特别多，嗡嗡嗡，奸细一样。蛇潜藏在阴沟里，偶尔还会爬进厨房间，盘在那儿，像一堆牛屎。进去做饭的女人，冷不丁地吓得惊叫，骂她老公："住在这样的鬼地方，什么时候是出头之日啊。"

住在3栋的人，无非是两类，要么是进单位不久的，要么是没钱买新房的"遗老"。说句实话，我是不愿和同事为邻的人，总觉得夜晚的秘密被熟人知晓，多多少少有点尴尬。但实在是搬家搬得烦了。

从棺材坞到我办公室，要走二十三分钟。我走路有点像无所事事的老头，背着双手，一边看漫游而过的信江，一边悠闲地打量来来往往的人群。有一个人，是我每天要遇见的。她是一个脸色疲倦的女子，三十来岁，穿不同色彩的长裙，或者披风，脚上是高马靴，或黑色的泡沫鞋。我不知道她的名字。她住在外边的坳口。她扎一条马尾辫，脸上涂了厚厚的胭脂。那些胭脂经过了夜晚的长途跋涉，有了皱褶，像水渍后的白纸。我早上上班，走到市委党校门口，看见她正端一碗米粉回家。她的牙齿镶着白色的饰品，但并不轻易让人看见。她始终保持着肃穆又淡淡哀伤的面容。我想，可能整条书院路的人都认识她。我和她行走在同一条路上，但方向是相反的。早上，她下班，傍晚，她上班。现在我住解放路了，还经常碰到她。她依然保持那身装束，眼神很空洞，走路一摇一摆。

棺材坞也叫书院路1号。书院路因信江书院而得名。书院路是由棺材坞、山冈、食品厂、市委党校、医学院、市人民医院、市卫生局等名词组合而成的。像一根链条。但它并不繁华，甚至显得冷僻。书院路上，有一个没有多少人光顾的菜市场，倒闭的食品厂，稀稀拉拉的路边摊。更让我难以忍受的是，路面坑坑洼洼，车陷在水坑里，呼呼呼，咕咕咕，冒一股黑烟，溅起哗哗的泥浆，车发出轰轰轰的声音，熄火了。司机从窗里探出头骂骂咧咧。当然，街上也有热闹的景象，一般持续四十分钟。那是傍晚医学院的门口，停满了小车，等学生放学的。

有人问我："你住哪里？"我说："棺材坞。"棺材坞，确实没多少人知道这个地方。更让我耿耿于怀的是，一次我出差回来，快凌晨了，叫了一辆的士，司机死活要多收钱。我问他凭什么。他说："一是棺材坞算郊区了，二是那一段路打抢事件发生太多。"他说的是事实。我的一个邻居，她开了一家练歌房，有一天晚上回家，在家属区大门口，遇到了三个小青年。一个捂她嘴巴，一个拽她自行车，一个夺她包。幸好医学院的几个学生跑步，看见了歹人行凶。后来邻居脚踝骨折，住了一个多月的院，还留下了雨天骨痛的后遗症。

从刘家坞路口到长潭桥，短短两三百米，也常发生抢劫。我是一个胆子很小的人，那时却并不害怕。我常在晚上十一点之后回房间，一个人走路，手上摇一串钥匙，唱很难听的歌，三百六十五天唱同一首：

月亮走我也走，

我送阿哥到村口到村口，

阿哥去当边防军，

十里相送难分手难分手，

啊……

天上云追月地下风吹柳，

月亮月亮歇歇脚，

我俩话儿没说够没说够

……

路的斜坡下，就是信江。夜色中，江水泛起白黄色的波浪，米羹水的那种色泽，洋槐和槐柳阴暗的投影遮住了半个江面。我的房子是三室一厅，另有一个大厨房，前后是大院子。可我只布置了一张床和一个写字桌、一个书架。地上，桌上，床上，书架上，都是书。晚上我通常看三个小时的书，再入睡。院子里有四棵高大的水杉，在初冬，杉针叶开始变成浅灰紫，转暗黄，直至枯黄，霜沉降下来，针叶落满一地，甚是美丽。我一边看书，一边倾听针叶噗噗落地之声，似乎我一直盼望冬季来临。清晨，杉丫挂着圆锥形的冰凌，蜘蛛冰封在里面，太阳出来，渐已部分融化的冰凌摔在地上，沙拉沙拉地响，像碎碎的水晶一般散开。冰凌悬在丫上，阳光斜斜地看，五光十色。我来来回回地走在松软的杉针叶上，发出嗦嗦嗦的声音。杉树下是石头砌成的矮墙，矮墙下，有几户人家，场院里，几只鸡鸭在蹒跚地晃来晃去。我站在院子里，从山梁上跑下来的风，呼呼地打转，我看看山梁，层林尽染，绯红或焦黄的枫树叶孤零零地挂在树梢，光秃秃的柿子树上栖落着几只乌鸦，缩着身子，仿佛它们的到来是一种无法言说的宿命。

从扶坡上伸出来的樟树枝，显得格外干硬枯瘦。由于过于密集，没有哪一棵树粗壮，都是高而细，藤萝一般。天寒，夜间鸟叫声哇啊哇啊，有一种凄凉感。在清晨，湿湿的沟泥有白白的霜芽长出来，霜芽茸茸地耸起来，有细细的冰珠，晶莹剔透。坡下有一个邻居，叫阿蓉，倒是常常叫我去她家玩。她那时刚刚从深圳回来，二十三四岁，说一口流利的广东白话。她涂艳艳的口红，偶尔也抽烟。她说话有些鼻音，笑容灿烂。记得有一年端午节，她妈妈特意请我去她家吃饭，玩扑克游戏。一次，看守门房的老余在我上班出门时，叫住我："小傅，我给你介绍一门亲事，你说好不好呀？"我说："好呀。"但心想谁会看上我这个上无片瓦的人。老余说："阿蓉很不错的。"我笑而不答。过了一个星期，我打电话给阿蓉，说："我请你吃饭，给你介绍男朋友。"她说："好呀。"吃饭的地方在清新咖啡厅前面的一家餐厅，我把刘啸叫去，一起吃饭。事实上，我并没有给阿蓉介绍男朋友的意思，但也不方便把自己回绝老余的话，说出口。夏天，她来过一次我房间，她喝得有些醉意，眼皮耷拉，脸颊晕开一层荡漾的绯霞。她一只手撑着额头，一只手伏在桌子上，看着我，一直不说话。我说了什么话，都记不得了，她恬恬地微笑，听我说。她披肩的长发时不时地垂下来，遮住半边脸庞，她拢上去又垂下来。我几次想站起身，想把她头发扎起来，但我想到她流利的广东白话，又坐了下来，或借故倒水冲茶。她在一家电脑公司上班，常年穿套裙，有深红的，玫瑰红的，浅蓝的，浅灰的，乳白的。她后来和一个工厂的拉货司机结了婚。

我们通常的娱乐是打牌。一般在星期天，或星期五晚上。三个人打牌六个人看，单元里的年轻人几乎全来了。某人在楼下吆喝一声："老刘，在某某家里开会。""某某"通常指我。我是单身汉，方便些。我早早地备了水，备了烟，把小方桌抹干净。忙了一个星期的人，受了一肚子的怨气的人，快乐得整天屁颠屁颠的人，坐在方桌上，牌狠狠地甩，桌子拍得咣咣响。嗓门儿最大的人，是老刘。他吸着烟，双眼紧紧锁住对手的牌，猜测对手还有几张主牌。他要指责谁总是有理的：怎么常规牌都打不来，牌要捅到别人的痛处。桌上叠着几盒烟，从好的抽起，烟壳空了，也差不多快散伙了。过了半天，打牌的人又聚在了一起，嘴巴对烟出气，手对牌发狠。在夏天，我们都光着膀子，一边打牌，一边拍身上的蚊子。打完了牌，我们会发一会儿呆，仿佛我们都有一腔驰骋千里的抱负。老刘说："去我家喝稀饭吧。我老婆煎了辣椒，还有板鸭。"几条汉子把稀饭喝得稀里哗啦，个个浑身淌汗。老刘说："这样喝粥，赛过桑拿。""想出汗，喝稀饭。"说这句话的人一定是搞广告的。"有粥喝就快活。"我一边说一边哈哈大笑。

我的居室是三室一厅一厨房，两个阳台，一间柴火间。我要使用的空间是卫生间、卧室兼书房、阳台、小院。我没住之前，它空了两年。房子里是黑墙，天花板到处是蜘蛛网，蚕豆大的蜘蛛在荡秋千，大门朱漆剥落露出麻斑。

有一个房间还铺着草席、破棉絮。帮我翻修的表弟说，这间屋子是要饭的人过夜的。房间里四处弥散着腐败的气息，空气里盛着满满的阴凉、浓烈的地气——仿佛是挖开的坟茔。而我突然喜欢上了它。我觉得它像我——一个人，会被什么东西喻示，在自己事先毫无察觉的某一天，突然呈现出来。

那些年，我好像活得特别匆忙，差不多都在晚上 10 点以后回家。前两天，一个退居二线的老领导从相册里翻出 1995 年在鄱阳湖游艇上的照片，我几乎都不认识自己了。我穿一件白色的短袖，头发像鬃毛一样，靠在船舷上，表情有点羞涩。1996 年开始，我的头发脱得厉害。我一度为此焦心。我越来越像我的祖父——额头很高，头发稀少，静默地抽烟。棺材坞成了我夜间停靠的驿站。

偶尔空闲下来，我就一个人坐在房间里发呆，或者在小院里，躺在摇椅上看天空。我没有电视，一个随身听倒是用了多年。磁带一定是宝丽金出的，我只买张学友、蔡琴、童安格、陈慧娴、梅艳芳的专辑。要看电视，就去邻居器器的家里。那时器器刚从珠海回来，嘴巴上叼着烟，涂紫色的口红。大院的人在背后说她坏话。其实她是一个严谨的人。她很懂股票，分析得头头是道，颇有斩获。她的脸白皙，水波一样散开的微笑，就连满口四环素牙也别有景象。她正在谈朋友。后来，她订了婚，也选了婚期，但还是没有成。那个男的脾气暴躁，躁起来就打人。有一次，她跑到我家里，脸上苍白，问我："人是不是有宿命？他为什么要这样折磨我？"说着说着，她蹲到了地上，头埋在弯曲的双臂间，浑身颤抖。我不知道她为什么要从珠海回来。

在大院的门口，有一个守门的老头。每次见了我，都会问："你今天看到小李了吧？"问多了，我也懒得搭话。小李是我的一个同事，开超市亏了本，欠了一屁股的债，跑了。他也欠了这个老头的钱。听老头说，欠了他一万元。老头第一次说时，我很同情他。他说得声泪俱下，手不断地抹眼睛。他说："我一个守门的，存一万块钱要多少年啊，你看看，我的衣服，还是民政局发的，穿了八年，我还舍不得换。"老头还以为小李在单位上班。平常，老头帮邻居换换煤气，补补皮鞋，也能挣点小钱。有时，我会到他那儿打电话，四毛钱三分钟。我讲话，他就站在边上看手表。他有些远视，把手抬高到灯泡的位置，眯起眼，说："小傅，你天天下馆子，什么时候也带我去吃？我还没上过馆子呢。"值班室有 10 平方米，铺了一张床，摆了张小桌。桌上是剩菜，油炸花生米，电话机，一堆啤酒瓶盖，桌下是补鞋机，门背后放着两把锄头，门口边摆了一个煤灶。

其实，我说棺材坞是一座山冈，是视觉的误差。它由三个小山冈组成一座山峰，有两条山坳。整个大院有三栋中层建筑，六栋油毛毡搭建的矮房。矮房人家养了鸡鸭，开了一片菜地，有的还养了猪。我并不喜欢棺材坞的春天，树木过于翠绿，蚕豆花紫艳艳的，尤其是毛竹，像擦了猪油一样亮亮的。一个油头粉脸的春天，让人的呼吸都是黏湿的。而秋天就不一样，枫树红红的，阳光照下来，透出金黄。连片的毛榉，枯萎的叶子还没有飘落，松树和针杉散发出温润的气息。是的，棺材坞像一只晒秋阳的老虎，色彩斑斓，懒洋洋的，打着鼻息。

我搬出棺材坞已经四年，和我同一批住进去的人，都搬了。现在有一条花园式的路修了进去。棺材坞还没拆迁，但它看到了自己的命运——它临近的食品厂已支离破碎，四处堆叠着瓦砾、砖头、破烂的门窗，新开发的小区房价暴涨到三千元，是五年前的六倍。而棺材坞的大门口多了摆摊的人，有的卖包子，有的卖清汤，有的擦皮鞋，有的修自行车。场地并不宽敞，以至显得过于拥挤。他们的生意都很清淡，顾客都是大院里的人。他们的企业在 2002 年被浙江人收购。浙江人手中的地块，涨了三倍多。棺材坞的人还会到印刷厂转转，但厂里的人都不认得了。

　　我不知道棺材坞以后会改成什么名字，据说，地产商要在那儿建一个高端的社区。我想，棺材坞，以后也不会有别人想象的那样繁华，以前也不会有别人想象的那样冷僻。就像一个人，总要历经变迁。变迁是命运，是生命的常数。

弧形的郊外

郊外，与其说是城市的遗忘部分，倒不如说是青春隐匿的秘密。上饶县城往北，馒头一样的山冈汹涌，铁水一般的落日熄灭。上饶师范学院就坐落在这里。光阴如此冷寂，仿佛一条冬眠的蛇，但终究会苏醒，在青草稀稀的山冈上爬动，在梦的隧道里爬动。事隔多年，梦境也是荒凉的——教室里空无一人，坐在岩石上背咏古诗的那个人已经走路蹒跚。

三年的时光，是呈螺旋形向上飞速奔驰的，最后成为一个暗暗闪光的点。这个点会在某一天，漫延开来，像一滴墨水扩散在纸页上。是的，这个点，有时是一张十八年未见而又突然出现在眼前的脸，有时是一个噩耗，有时是旧日记本中一行无法辨认的笔迹。当年的郊外，如今无迹可寻，那些时光已成一地尘埃。

而记忆中的上饶师范学院，无非是两座山冈，一片弧形的原野，一条病恹恹的罗桥河，四栋四层的楼房。

我的教室在教学楼二楼的西边，我的学号是860024。我的班上有48位同学，在临近毕业的那个学年，高我两届的叶晓春因中途休学，转到我的班上，成为第49位学员。叶晓春是校花，我们都叫她"东方美人"。她身材高挑，脸阔圆润，丰满秀美，喜欢穿一件红色的滑雪衫，声线里有点童音。但她是一个缺乏生机的人，寡言少语。校园里传言，她因某事件而得了抑郁症。1989 年，她并没有和我们一同参加毕业会考，但学校还是给了她一张毕业证。校长说，给她一个饭碗吧，她的饭碗比别人的饭碗更重要。1994 年 5 月，我到她的老家下乡采访，在小镇的桥头碰到她。我几乎认不出她。她发胖得浑身滚圆，皮肤白得没有血色。她妈妈陪着她，一边走路一边打毛衣。她妈妈说，叶晓春没有上班，在家里休养。

上饶县城那时只有两万多人，只有南灵路一条主街道，水泥路浇到城镇中学（现更名为县二中）门口就断了。城镇中学离我的学校还有300 米，整个春季，泥浆四溢。而校园也没有水泥路，我们都穿一双雨靴，发出哗得哗得的声音，听得耳朵发痒。

教学楼下面的斜坡上，是一座用简易棚搭建的师生食堂。食堂有四个窗口。下雨的时候，我们排队打饭，雨水沿着房梁滴进碗里。地上是厚厚的板结的泥浆，裤脚上也是风干的泥浆。但这些并不能影响我们的食欲。我们好像不是吃东西，而是打一场胃的保卫仗，每次都那么全力以赴，直至完全胜利为止。

每个学校都有食量惊人的人，我的学校也不例外。我班上的李卿雨，个头不高，爱打篮球，他的碗不比我的脸盆小多少。他说："今天人有点不舒服，吃八两饭算了。"八两饭是他每餐的最低点，正常的情况下是一斤二两饭。吃早餐，他要吃二两稀饭八个馒头。食堂的馒头是大馒头，个个拳头一般大。他一只手抓四个馒头，用两只手腕夹住碗，手往上一抬，稀饭就进了嘴里。女同学中也有食量大的。某班的某某媛，是学校体育队的，牛高马大，脸瘦长，即使是大热天，也穿一套蓝色运动服。她吃炒粉要排两次队，一次吃六两粉，于是得了个"一斤二"的外号。有一个学年，全校女生的鞋子丢失得厉害，但不是一双一双丢的，而是一只一只丢的。校保卫科知道后，开始蹲守排查，一个月后，在某某媛的箱子里，翻出四十多只鞋，不同型号，不同款式。学校最终还是没有处分她。学校解释说，她不是偷，而是得了一种疾病，叫嗜偷症。

学校有千余亩的山地田产，一部分山田的物产被用来补贴到食堂里。豆腐和蔬菜都是五分钱一碗，最贵的菜是红烧肉，三毛钱一碗。像我这样每餐吃四两饭的人，完全可以自给。女同学如果还有剩余，会把多余的饭菜票送给她喜欢的男同学。

王成全是个身材魁梧的人，爱打球和跑步。王成全坐在我后座，不爱上课，对象棋很痴迷，上课就看棋谱，还大段大段地背。我和他下棋，他让我半边车马炮，不到五分钟，我就留一个将。他握着棋，像小孩一样哈哈大笑，头发像鬃毛一样竖起来。1993 年 5 月，我去了海口看他。他在一个边远的村小学教书。董表发用一辆载重自行车带我去看他，路上坑坑洼洼，我腰椎都被颠痛了。王成全刚从金矿回来，摩托车还没有熄火，发出呼呼呼的响声，黑烟一团团地从排气管喷出来。他住在小学校园里，但不上课了。他说他一直洗金沙，一个月挣好几千块钱。他还是穿学生时代的棉质学生装，厚厚的。在他家吃了午饭，我说我们去镇里玩吧，镇里同学更多。他说："不去了，下午约好了几个人练拳。"他象棋早都不下了，但练武的习惯保留了下来。

董表发是我的班长，为人憨厚，深得班主任喜欢，但没有什么号召力。

班上也有极其节俭的人。如姜益民。我们叫他"长臂猿"。他瘦、高、手长、颧骨微微凸出。他是华坛山人，家里十分偏远。他半个月扒车回老家一次，带一些干酱菜来学校。菜一般是腌菜肉、腌菜豆腐或酱辣椒。他把多余的菜票兑换成钱，夹在衣缝里带回家给父母补贴家用。

他还带一些土特产来吃，如南瓜豆豉、炒黄豆、蜂蜜。他睡觉前都要喝一杯蜂蜜水。他用罐头瓶当杯子，先倒半杯水，再调两勺蜂蜜，对着灯光，晃几下瓶子，仰起脖子一饮而尽。有一次，同寝室的乐建华把姜益民的箱子打开，把蜂蜜全喝了，灌水进去。晚上，姜益民调蜂蜜水喝。他一边喝一边自言自语，蜂蜜怎么一点甜味都没了呢？我们躲在被窝里，笑得直抽筋。他的勤俭细致，一直保留至今。去年一个同学办乔迁喜宴，他也来了。那天我才知道，他娶了我初中同学徐华仙为妻。我和他坐在宾馆的沙发上聊天。他说："我老婆总说我打麻将输钱，其实我是很少打麻将的，打牌也不打钱，只是有时候不打麻将，不知道怎样打发时间。"我说："那你一年会输多少钱？"他说："不是输钱，是日常开支。我记过一年的账，开支一块钱以上的，我都入账，一年下来，我用了两千七百五十七块钱，这个开支蛮大的。"

二班的叶冬林，把一餐的菜分成两餐吃。一年到头，他只吃豆腐花，五分钱一大碗。他的脸白皙，布满蕊状的青春痘，有轻微的浮肿。他早上六点钟就坐进教室里练习书法。每个学期，他都有课目补考。他把伙食费节约下来，买宣纸。他的脸上始终挂着不易察觉的笑容。

食堂里每天供应的，一般是豆芽、土豆红烧肉、豆腐汤、豆干、茄子、长子豆、春包菜。这些菜既易洗又易切，省事。早餐一天一个花样，花卷、馒头、包子、粉条、年糕，依次轮着吃。我们吃得像春天的泡桐树一样。1988年下半年，食堂实行了承包制。承包人叫方康河，我们的伙食质量直线下降，菜价飞速上涨，师生的意见都很大，学生会几次同学校交涉，都没有结果。学校的空地上，开始出现路边摊。摊子是两条方凳，凳子上搁一块木板，木板上放着五六个搪瓷脸盆，脸盆里盛着各色菜肴。摆摊的人是学校老师的家属或退休老师。起先是两三个摊子，过了一个月，摊子一个接一个地冒出来，一直排到学校大门口。霜降过后，白天的时长一寸一寸地短，夜色一滴一滴地浓。脸盆里的菜，板结起一层一层的黄油。有同学说，烧菜的油是牛的板油熬出来的，吃不得。但吃的人还是很多，谁叫它的价格比食堂里便宜呢。有一个老师干脆在山冈的平地上，搭建了一个简易房，现炒现卖。路边摊子的生意一下子冷清下来，不是说现炒的菜有多好吃，而是简易房里摆了一台电视机，傍晚的时候，新开播的本地电视台，播放琼瑶的《几度夕阳红》。我们一边看电视，一边等着锅里的菜。简易房里，里三层外三层地围着我们这些情窦初开的学生。

在班里，我算是比较迂腐的人。直到今天，老缪还笑话我，说："傅菲就知道摇头晃脑地背古诗词。"在最后的一年半时间里，我给自己下了"死任务"，每天背一首唐诗和一首宋词，写至少二千字的日记。当然，还有比我迂腐的人。王志水算一个。他说一句话，用三种语言，普通话、上饶话、郑坊腔。语速快了，他还有些结舌。他是一个非常和善质朴的人，天冷的时候，腰弓得像一只虾。他毕业参加工作了，还保持着劳动者的习惯，自己种菜、砍柴，种的南瓜多得吃不完。

我们班上的同学都有泥根性。我们来自僻远的乡村，普通话里有浓厚的泥浆味。这种泥根性与校园的环境倒是很妥帖。荒丘纵横，即使是在春天，隐没在坳里的杉树林，也只露出一滴一滴的墨绿，而不是成片，稀疏的茅草摇曳起伏，黄色的、褐色的、灰白色的焦土裸露。野刺梨、荆条、山茶、杜鹃，这些在贫瘠硬土里生长的植物，在四月的雨季到来之前，开出各色的花。在路边，在水沟边，在山脊，在茅草丛，冷不丁地伸出一枝花，即使是孤单一支，也格外夺目。它是四季中最重要的一程，步履潮湿，伴着繁茂的雨声，顶着和煦的暖阳，整个大地都妖娆起来。

与大地一同妖娆的，还有我们的身体。我们像洼地里的韭菜，经过一场夜雨，第二天早晨就葱葱茏茏。程世平床底下放着两个哑铃，早起、晚睡时，都要赤膊举十分钟。他沉迷于武术，走路晃动着全身，衣扣只扣中间一个，衣角扎一个腰结，手紧紧地握成拳。有一次，他躺在床上，说："大家安静安静，我表演一个鲤鱼打挺。"他哈哈两声，一个鲤鱼打挺，人没站起来，床板咯噔一下，断成两截。我睡他下铺，我说："你干吗高兴？"他从箱子里拿出一包"桂花"香烟，一人发一支。李志新说："我不抽，抽了会头晕。"程世平说："不抽也得抽，这可是喜烟。"李志新说："你哪儿来的喜事？"程世平说："你不够兄弟了吧，我历史考了57分，方老师就是不给我及格，你说烦人不烦人？今天晚自习时，我去他家拜访了他，他给了我及格，我不需要补考了。"我们一哄而笑。其实，补考是每个人都害怕的，假如有三门功课补考，学校就会记录进档案。所以，我们特别"仇恨"监考严厉的老师。直到今天，我们说起鲁赞平老师，仍然有些"咬牙切齿"。临毕业那年的期中考试，他一个人监考我们七场考试，只要我们稍微扭一下头，或手探一下桌底，他就没收卷子。第一场考试，他出现在我们教室，我们就"抗议"，说："学校没有安排你监考我们，你为什么来？"鲁老师说："我要全部监考到底，谁叫你们上课时不叫老师好过。"我第一场就交了白卷，后来不得不进行了补考才过了关。最后的一年半，我几乎不读课本了，上任何课，我都是埋头看小说，数理化成了我的"癌症"。徐茹秋老师教我们心理学，一发现有人看课外书，就没收。她发现我看小说，走到我桌边，翻翻我看的小说，说："你怎么都看外国人写的书？"当即也没收了。只是过几天，她会将小说还给我，嘱咐我不要在课堂上看。

　　其实把时间花在课本上的人，已寥寥无几。乐建华沉迷于象棋谱，热衷于残局研究，整个上饶师范学院（四个校区）学生象棋比赛，他勇夺冠军。余建喜则手不离毛笔，做梦都想成为书法家。七公一下了课就跑到走廊边上，看楼下八七级一班的一个女生。她是他小学校长的女儿。临近毕业，七公请求我代他给她写了一封信。

相似的行程

我们——我、徐勇、傅金发——坐在上饶师范学院校园低矮的山冈上，谈论着诗歌。1988 年的下半年开始，我们进入了这个宿命般的未知世界。是的，未知，预知，信仰，在三十年后的今天，我仍然在徐勇的诗歌中读到。那时的校园是冷寂和荒凉的，上饶县城也如此。徐勇是八六级四班的，我是八六级一班，傅金发是八七级二班。之前我并不认识他。班主任张炳福老师在班会上说："四班有一个叫徐勇的，前天又在《江西妇女之声报》发表了一首诗，我们为什么就没有这样的人才呢？"他说话时的手势略有夸张，衣襟上沾满粉笔灰，穿一件老式中山装，纽扣扣得死死的。他是班主任兼政治老师。1988 年初秋，由我的语文老师皮晓瑶牵头，成立了"飞鸥"文学社，我任社长，徐勇任主编。我们漫长的友谊由此开始。

在校学习时，徐勇已经在外地报刊发表了很多作品，在《星火》、《江西青年报》"春泥"副刊等推出过组诗，《散文选刊》也有作品选载。谁都不会否认，他在整个上饶师范学院的影响，无人可及。用当时江西有名的乡土诗人郑渭波的话说，徐勇成为优秀的诗人，指日可待。而我还是停留在练习的阶段。我们似乎有挥霍不完的激情。我不爱诗歌，整天沉浸在自己编织的小说故事里。除了语文，已经没有其他科目能引起我的兴趣。我把上课的时间都放在写小说上，每天写几千字。徐勇也是"每日一诗"。吃晚饭的时候，我们端着搪瓷碗，坐在教学楼旁边的岩石上，我读他的诗，他读我的小说。1989 年 5 月，上饶县传统的诗歌节日"谷雨诗会"之后的半个月，徐勇邀请郑渭波给我们作诗歌讲座。郑渭波穿一件黑色西服，头发梳得光溜。他的讲座激情四溢，唾沫飞溅，很有煽动力，是一次极其成功的讲座——以至于我放弃了小说的路子，与他们一起在诗歌的道路上狂奔。

上饶师范学院有上饶县分校、玉山分校、广丰分校，总校在上饶市崇岭头。20 世纪 80 年代末，也是师范办学的巅峰时期。我们似乎不满足于在自己学校的"冲冲杀杀"，与总校的同届同学萧穷、邓飞、丁智、尤慧，创办"信江"诗社，社长是邓飞。到了星期天，我和徐勇、傅金发，就去总校玩。邓飞坐在教室里，一根接一根地抽烟，稿纸压在课桌上，烟抽了半包，诗还没写出一句。快吃饭了，他快速地写了一首《无题》。我还记得那首诗：

前日无题

昨日无题

今日还是无题

我们看完笑得喷饭。我们去茅家岭烈士陵园，去东岳庙，去信江下游的河滩，一路上都在游玩。我们还举办全国诗歌征文大赛。萧穷在广丰实习，星期六返校，用麻袋到收发室收信件。那是我们人生最美妙的时光，虽然是那般的短暂。

1989 年初夏，我们毕业。我分在上饶县郑坊乡西山中学，徐勇分在上饶县尊桥乡中心小学。我们一南一北。我们一直以书信的形式，频繁密切地联系，相互交流作品。1990 年元旦，我一个人坐了一天的公交车，去他家看他。我仍然记得那天的情景。他家是一栋砖瓦房，前面有一个院子。我到他家时，已是傍晚，落日磅礴，葱郁的丘陵绵绵，黛色如眉，天边是滚滚晚霞。我们吃过晚饭，站在另一户人家的院子里看《楚留香之鹦鹉传奇》。

1990夏，因偶然的际遇，徐勇借调到上饶县教育局上班。我是一个误人子弟的教师，不爱教书，我每个月都要去县城，找徐勇玩，有时玩一个星期，荒废了学生的课程。1991年正月，由于时任上饶县文联主席汪淦泉的努力，我得以借调到县文联上班。我没有钱租房，就同徐勇搭铺，一并住在县教育局内部招待所，直到徐勇结婚。招待所有一个内部食堂。十一点半，教育局办公室电话会响，徐勇没有接听也知道是我打来的。我经常是口袋里分文全无，到他那儿蹭饭吃。

那几年是上饶县诗歌的兴盛时期，诗人队伍庞大。1991年10月号的《星火》推出"江西青年诗人作品专号"，上饶县有四位诗人登台亮相，徐勇的组诗《与阳光的声音相遇在幽林》在重要位置刊出，这是他第一次展示自己不凡的实力。我尤爱其中的一首《或许与登楼无关》。

当年，徐勇还是二十出头的小年轻，就已经引起江西诗歌界的关注。在我们这群人中，徐勇的灵气是最足的。这首《或许与登楼无关》即使在今天读来，仍然不失为好诗。在那个时候，他就提倡诗歌相对意义的口语化。他有自己的诗歌美学：节奏舒缓，疏朗，主体意象具有象征性，主张诗歌的音乐美，诗意与哲思交织。他的诗歌亦如他的个性：缜密，情绪淡远而不浓郁；严谨，锋芒深藏而不肆意。所以，你在他的诗歌里，听不到破空之声，也感受不到隔墙之力。他的诗有一种绵里藏针的感觉。那短短几年，他在《诗刊》《诗歌报月刊》等20余家刊物，发表了大量的作品。我作为亦步亦趋者，也有诗歌作品在《人民文学》《诗刊》刊出。

树林，河滩，春天的油菜地，廖家周围的山冈，我们都一一踏遍。我们走过的路上，都有鲜花盛开。

　　我们的写作时光并不寂寞，赣州的三子、圻子、龙天、聂迪也会特意来玩。尤其是铅山的汪峰，德兴的萧穷，每个月都会来一次。沉寂的日子显得异样的喧哗。我们挤在简易招待所里，喝着劣质酒，纵论诗歌。我们澎湃的青春，像亿万吨的信江河水，滔滔不绝。这样的日子，维持了三年多。1994 年 5 月，徐勇结婚了。10 月，我调往上饶日报社工作。我的主要精力是挣钱和写诗，用萧穷的话概括，是"右手写诗左手挣钱"。我钱没挣到几分却有一身铜臭味。徐勇也沉寂了下来——他的小女畅畅已经出生，他完完全全成了模范丈夫、模范爸爸，买菜、烧饭、哄小孩，偶尔外出挣点小钱。

　　2001 年 3 月号的《诗刊》，出人意料地推出徐勇的组诗《欲飞的七行》，共八首，这是一组风格鲜明、个性彰显、澄明浑厚的探索诗。他为这些诗歌已经足足准备了六年。这六年，徐勇一直在研究新诗与教育的关系，倡导构建新诗教育学。他的研究成果引起教育部、江西省教育厅专家的重视。他阅读的中外新诗不下万首。这些诗歌对他的哺育如春雨浇灌大地。他的诗风发生了极大的变化：形式简约，结构匀称，节奏明快，激情四射。有诗歌研究者说，徐勇的"七行诗"，在形式上，是新诗的一种突破，看起来像一只飞翔的鸟。其实他"七行诗"的内容，同样发人深省，有痛，有生命的厚重感。布局与行文相当简单，看似笨拙，但诗质纯净、张弛得体，始终充盈一种俯瞰大地的气度。这与他追求"空灵而充实、简洁而高蹈、质朴而旷达"的诗风相符。

　　徐勇的诗歌创作一发而不可收。他连续在《诗刊》等重要刊物推出重要作品，在界内的影响也日益扩大，许多作品被收入重要选本，并屡屡获奖。当然，这是世俗的荣誉。重要的是，他的写作已经进入日常写作，作品日趋成熟，写作水平也呈抛物线似的上升。

　　而我的诗歌写作以溃败告终。2002 年，我开始散文写作。

　　在这几年，徐勇始终没有停下自己探索者的脚步，繁忙的工作之余，"产量"惊人，约有四百首新诗诞生。这么高的"产量"，在江西都是少有的。网络的迅速性，使整个诗歌写作，进入复制和口水的时代，泥沙俱下，气势恢宏，却很难读到一首好诗，更少有让人心痛、让人难以入眠的作品。这使我不免怀念那个手写时代，温暖，含情脉脉，余音袅袅。但我们是不可能改变时代的。而徐勇依然保持着手写时代的姿势：沉默，坚韧。他的诗风也一变再变。

　　他越来越注重诗歌的意味。徐勇从日常生活的场景中，发现诗歌的价值。这种价值使得他的重心向下，不会漂浮。或者说，他把诗歌源头放置在日常生活中，而不是冥想，使诗歌生长出根须。

　　他的行程和我的行程，是多么的相似。我有理由说，我们都是同样的幸福，因为文字，我们无比温暖；因为文字，我们也彼此更加靠近，仿佛是前世的兄弟。

小 城 帖

　　无论从哪个角度看，上饶县城都像水面上的漂浮物：从上游而来，却不知漂向何方；残存的，低重量的。和我的青春差不多。由北向南的罗桥河和由西向东的信江，在龙潭塔汇聚成一个长方形的直角，30年前，县城就建在这个直角上。整个直角都是丘陵，枫杨树和泡桐在春天的时候，黏黏的绿色把视野都包裹了起来。丘陵的低洼处，是坟冈，零星的白菜花在风中摇曳，黄黄的，与河边的瓦舍、褐色的岩石、茅草，构成了我们的集体记忆。

　　1986年秋到1989年夏，县城是我学生时代的最后一个站台。街道只有一条南灵路，长度约1.5公里。北路到了供电大厦，水泥路面就没有了，再过去500米，可以看见一个环形的山冈，隐没在山冈背面的有两栋楼房，傍晚时分，脚风琴从楼房吹出黄尘一样的琴声。那是我的学校——上饶师范学院。我们每个人都备有一双雨鞋，高筒的——南方的雨季稠密，有点暴虐，山冈、校园里的路，到处都是稠稠的黄泥浆，从草缝里爬出来，然后在某一处汇集成汤汤溪流。校园内部并没有绿化，也不平整，教学楼在一个山包，宿舍楼在另一个山包，远远看上去，犹如两个相互瞭望的碉堡。我们并不打伞，用碗虚盖着头，飞快地在"碉堡"之间来回。雨鞋把泥浆带到教室、宿舍和食堂，板结成泥块。食堂是用石棉瓦搭建的，我们一边排队打饭，雨水一边嗒嗒嗒地落在碗里。

女生则打一把伞。

　　说县城是一个南方小镇，或许会更准确一些。说得更具体一些，有廖家、桥下和新建移民区三个居民区，那时人口不到两万。我的学校属于桥下村的范围。

　　我们站在宿舍楼的走廊上，整个桥下村尽收眼底，尤其在夏秋时节，它是那样的恬静、安详。阳光洒在田野上，樟树突兀，甘蔗地油油的，洋溢着远古的气息。阡陌细细，弯曲，像一条条铅笔线。甘蔗成熟的季节，我们游过罗桥河，光着上身，匍匐过一片草滩，进入甘蔗地。这时黄昏落幕，炊烟薄薄，鸟雀低低地掠过田野，弧形的天空也像一摊散落的水银。我们先坐在田埂上饱食甘蔗，嘴唇上黏着甘蔗皮灰，白白的一层，然后把甘蔗打成捆，偷到学校里，给同学们分享。晚饭后，女同学个个啃着甘蔗。我们的手臂和脸，被甘蔗叶划出一条条的血痕。当时并不痛，到了晚上，血痕开始慢慢地变疼。有一段时间，全校只有一两个同学敢去偷甘蔗，他们是四班的。听四班的人说，村民轮流在甘蔗地抓偷盗的人。

　　在我的相册里，还保存着一张读师范时的照片：我站在罗桥河边的沙滩上，双手叉腰，光着上身，"排骨"嶙峋，晚霞浸染着河水。现在想来，照片上的这个人，无意之中成了当年县城的隐喻。县城并没有多少房子，房子一般在三层以下，唯一一栋六层的房子是供电大厦，是当时最高的建筑物。全县城没有一栋带电梯的房子，也没有广场。然而，我热爱它。学校以南是街道，以北是丘陵。我们对丘陵的偏爱远远超出了逛街的兴趣。可能当时我们没有钱，也没什么东西可买。假如哪个同学每个月有五块钱的生活费，已经是很富裕了。

　　丘陵连绵，呈波浪形，到了秋天，小枫树、小山楂树、小杜鹃树，有红红的树叶飘展。树木和茅草一般高，齐腰，但都不茂密，像山地疏朗的皮毛。而山坳里，有密密匝匝的杉树，碗口一般粗。站在教室的走廊上，远远望去，丘陵并没有强烈的凹凸感，而是平整的，以至于可以看见黛色的地平线，浑圆的落日渐渐没落，像一块久久不愿淬火的红铁。

　　而县城的外观和一栋铁皮屋没有差别，四处漏雨，风来来去去。浅灰色。电线交织。自来水有一层浑浊的沉积物。公共汽车发出咕咕咕的声音，排出黑黑的尾气。在 30 年前，老县城是在市区里，在崤岭头的山坡上，房子很是破败，因地块很小，城市和县城，像一个大瓶子套着一个小瓶子。1976 年，县城迁往市郊。新县城离市中心广场，只有 10 分钟的车程。县城没有像样一点的舞厅，爱跳舞的人，早早地吃了晚饭，晃荡晃荡，挤着公交车来市里。舞厅的门票是一块钱一张，舞厅有两个篮球场那么大，有自己的乐队和歌手，有茶吧。我的心理学老师姓苏，用他的话说，一个晚上不去跳舞，不是头痛就是脚痒。确实是，城市能开风气之先，带来更多的时尚和新观念，也带来内心的兴奋与紧张。

　　1989 年夏，我从师范学院毕业回老家郑坊教了一年半的书。我教了一年的初一语文，半年的小学五年级语文。1991 年正月初八，我从老乡汪茶英处借了五十块钱，坐了四个小时的车，来县城看一个朋友。在县教委上班的诗友徐勇对我说："你马上到县城上班了呢。来得好，我一直想通知你，又没有电话，都急死了。"这是非常意外的消息。

　　县城并没有改变多少。街中心是花圃，红艳艳的芙蓉花常开不败，尤其是秋天，茸茸的叶子上积满粉尘，下垂，一根花蕊抽出。去市区的公交车，15 分钟一趟，两节车厢的那种，慢吞吞的。直到 1994 年 10 月，我才离开县城。在这四年中，县城在时间的纬度上和我在时间的纬度上所处的点，应该说是相互重叠的——荒废，繁杂，没有方向感。除了写点小诗、打牌，我说不出还有什么事情可做。那时我以为写诗是可以成就一番事业的，一到休息日，我便四处拜访诗人，访问城间小景——我把生活当成诗歌的一部分，对于青春来说，这是恰当的。

在县政府大院的后面，是廖家，再南一些，是信江。我的诗歌启蒙老师渭波租住在那儿。我和徐勇吃过晚饭，或星期天，就溜到渭波家玩。渭波个头不高，喜欢穿一条松松垮垮的短裤，谈起诗歌激情四溢，唾沫飞溅。他一手用纸巾掏鼻子，一手夸张地做出有力的手势，说："这首诗都写绝了，你看看，什么人生命运都写出来了。"当然，他说的"这首诗"是他最近完成的。他有着惊人的记忆力，你一说到他的某首诗，他立刻可以朗诵出来，也许那首是几年前写的。他现在是个很谦虚的人，反而没了以前的那种味道。我想，这是生活折磨人的缘故。那时，他滔滔不绝，虽有吹嘘的成分，却没有给人夸夸其谈的感觉。

春天的信江和廖家，覆盖着馥郁的色彩。路边和屋角生长着木槿，木槿有白色的花，有粉红色的花，堆叠在枝头，白色的像积雪，粉红的像晚霞。农家院子的围墙上，爬满青藤，细叶的，粗粗的干，细碎的花一层压一层。就连坟冈也是迷人的，有的草莓苗在开花，有的已经结了血红的果子。我们从廖家下一个陡坡，走过十分钟的田埂，到了信江岸边。

在我们的圈子里，有二十多人从事写作，我们经常聚会。在县二轻局的宿舍楼上，一到星期天晚上就举行沙龙，男男女女，扎堆地挤在一个客厅里。我们都没有想过要挣钱。好像整个县城里，也没有多少人想着挣钱。我们的生活多多少少有些虚空，但也很浪漫。

直到1993年，县城的空气变得凝滞，大家聚会时的人数越来越少——几个比我大五六岁的人，离开上饶，辞职外出经商；有的考上研究生，再也没了回音；有的被提拔当了官，不再创作。渭波老师也几乎放弃写作。1994年10月，我也离开了县城，调到市区上班。直到很多年后，我才理解，这不是人的变化而是一个时代的变迁。而它来临时我竟然茫然无知。

　　这种变迁也发生在县城身上。今年初，上饶县举办了一次经贸洽谈会，推出十项招商内容，其中两项是建设惟义公园和西郊森林公园。惟义公园选址在廖家，西郊森林公园选址在十里外的郊区。建公园是好事，但我心里也为我等的境遇而悲哀。才短短十年时间，县城已经扩展到 10 里外的西郊，人口有了近 6 万。"圈地运动"犹如一场竞赛，大量的绿地被铲平，抛置荒野。我想，所谓的公园也不过是一钵盆景而已。圈地并没有结束，还在疯狂地扩张，南灵路一直修到了罗桥，有 10 里多长，地价从 10 年前的每亩 1 万上涨到 50 万。去年，北京来的一位故人，在县城吃了饭，提议大家找一个小山包坐坐。我说："我们以前坐过的山包连骨骸都没了，要坐坐，只能去茶楼或宾馆。"在故人的执意要求下，我们十几个人还是开着车，到 10 里外的董团乡，找了一个山包。故人说："找山包太难了，偌大的县城，没有一个野外坐的地方，是大不幸。"我们坐在山包上，聊着各自的生活，也聊过去在县城共度的时光，不免都有一些伤感。

　　县城像一只被拔光了毛的脊椎动物。密密匝匝的房子，横七竖八的街道，一棵野生树也看不见。绿化树是移栽的樟树，树干有碗口粗，草绳一圈圈地绑着树干，顶端齐崭，几枝拇指粗的树丫发出病恹恹的新绿。树没有树的意义和内涵。我几个在乡下教书的同学，都在县城里置房，到了星期六，要坐一百来里的公交车，来县城住上一夜，又返回乡下，平时房子都空着。我问同学："在乡下自己盖房子不好吗？"同学说："县城的房子房价上涨得快呀。"他们还有一个不愿说出的原因是，好歹在县城有了房，身份在某种形式上得到了置换。在上饶，除了教育，乡间小镇和县城已经没有内容方面的区别。

　　我曾经有一段时间，厌恶上饶县城，大概是 1996—2000 年，我每年去的次数不会超过四次。这种厌恶没有具体的理由。也许是，它曾使我心力交瘁，或不忍卒读。有时我怀疑自己是不是一个残忍的人，对一个生活了 8 年的地方，没有更多的留恋。事实上，我人生中最重要的青春是在那儿度过的。其实，远非如此。我现在坐在信江北岸的一个落地窗口边，看着汤汤的河水，无须半个小时，河水也绕上饶县城而去。县城与我如此相依相近。在这十多年里，我偏执狂一样否定自己是上饶市人。我想，这是对县城情感价值观的认同；在生活里，我也一直没有完全融入这个机器一般的城市。我一厢情愿地把县城当作了我的标签。

　　这两种情感的交割，使我尴尬。

　　能在一起聊天的人，越来越少，能在一起喝一杯茶，促膝长谈的人更少。一个城，一个人，都那么空空寥寥。

　　三十年，一座城在荒丘上有了属于自己的身躯，有了生命的实体。当年参与建设的许多人已经不在，而建城百年的时候，我已经看不到城的脸孔，也看不到人的脸孔。我无法想象七十年后城的样子。我看到的，是城的幼年。我也只是当年的黄沙尘中的一粒，随风落在那里，又被风刮走。

信　江

　　无论身在何地，我的眼前常常会瞬间被一条江阔浪平、芦花瑟瑟的信江所遮蔽。信江是上饶的母亲河，全长三百一十三公里，源头在怀玉山山脉和武夷山北麓。怀玉山山脉水系称冰溪，武夷山北麓水系称丰溪，在上饶市汇合，始称信江。信江自东向西，流经玉山、广丰、上饶、铅山、横峰、弋阳、贵溪、鹰潭、余江、余干等县市，中途有饶北河、铅山河、湖坊河、葛溪、泸溪河、罗塘河、白塔河等主要支流汇入，浩浩汤汤，不舍昼夜，进入鄱阳湖；江水成了湖水，像一个人流入了人群，像一座山并入了山脉。信江的上游，灵溪入水处，荡一叶江舟摇橹而上，两岸灌木苍翠，山高水长，山梁逶迤，屋舍隐没，燕声朗朗。这是饶北河。我的故地在饶北河上游，灵山北麓，山峦巍峨。似乎记忆中的饶北河，在暮冬常有大雪覆盖，毛茸茸的大雪一夜之间织满纯银一般的锦缎。山中尤寒。雪常在黄昏时分降临，噼噼啪啪，粗粝的雪粒敲打着瓦楞、门前台阶、埠头的石板，也敲打倒伏的芭茅、光秃秃的梓树和行人山崖一般的脊背。北风呼啸，呼——呼——呼——，河边的洋槐在怒吼。入夜，风停了，天空安静下来，雪悄悄地旋转着飘落。纷扬的大雪，像抛落的石粉，匀称地铺在田畴、山梁和屋顶上。每到入冬，村里会请小剧团来唱戏。小剧团是越剧团，是临近镇里的草台班子，但村里人特别喜爱。在祠堂的大厅里，搭一个舞台，老老少少、男男女女坐在板凳上，嗑瓜子、抽旱烟，听得动情处，嘤嘤低泣。尤其是妇女，手上抱一个小孩，背上还绑着一个小孩，用衣袖揩眼泪。表演的曲目一般有《梁山伯与祝英台》《西厢记》《红楼梦》等，也有《追鱼》《碧玉簪》《孔雀东南飞》《打金枝》等。请剧团，要一个月前定下，付一半的定金，一天唱两场，分下午场和夜场，唱半个月，但剧团只能唱二十来折戏，排不了半个月的戏，剩下的戏场由大家点戏，《梁山伯与祝英台》《西厢记》《红楼梦》《碧玉簪》又重复登场。我们做小孩的，听不来戏，在祠堂里跑来跑去胡闹，吃花生、麻酥糖，扔雪团。

　　小剧团很少，有时被别的村请走了，就请串堂班。串堂班是地方社戏，是一种民间民俗音乐艺术形式，产生于北宋末年，流传于广信（今上饶）和饶州（今鄱阳）乡村，口耳相传，以民间小调流传。到了明清，有了折子戏，主要剧种有赣剧、徽剧、京剧、采茶剧、越剧、黄梅剧等。演员是农民，平时种田垦荒，到了逢年过节或重大喜事约请，他们走村串户，相约堂前，少则五六人，多则十余人，吹吹打打，说说唱唱，穿戏服、着戏靴，人人能吹拉弹唱，击鼓高歌，故曰打串堂。"串堂"的主要乐器，有锣、鼓、钹、箫、笛、板、唢呐、胡琴、三弦等。锣鼓打得飞沙走石，箫笛吹得波涛汹涌，胡琴拉得翻江倒海，好不热闹，表演的曲目一般有《满堂福》《观音送子》《龙凤配》《郭子仪上寿》《穆桂英挂帅》《玉堂春》《八仙过海》等。上饶一带，最负盛名的是清水乡左溪村"青峰堂"，创立于明末清初，清光绪年间，它的第八代传人张尚麟纳广信各派"串堂"名师之长，技艺精绝，声名广播赣东北。20世纪80年代，第十二代传人张宗权、张宗诚兄弟俩，广收徒弟，亲授技艺，更是闻名遐迩。清水和郑坊一山相隔，自然是请青峰堂来唱了。

　　年少时，读白居易的《忆江南》："江南好，风景旧曾谙。日出江花红胜火，春来江水绿如蓝。能不忆江南？"读不出它的美妙，觉得春江水蓝，红花绿柳，有什么精妙呢？我客居他乡之后，返回故地，看见藕花深处，鸥鹭惊飞，天蓝云白，才知道江南的风涤荡风尘仆仆的脸，如细雨，如月光，如悠扬的采茶曲。信江多妩媚，山梁如黛，峰峦如眉，湖泊如瞳。山水多情，有了款款软软、温温婉婉、绵绵转转的吴腔越语，于是有了打串堂、婺源徽剧、弋阳腔等地方戏曲。

弋阳地处信江中游，是吴方言与赣方言的交接地带，宋元南戏流传至弋阳，与当地方言、民间音乐结合，吸收北曲演变，至迟在元代后期已经出现弋阳腔，通称高腔，明、清两代，弋阳腔在南北各地繁衍发展。元明时期，战乱不断，弋阳人口外迁，向北进入安徽、江苏，向东进入浙江，向南进入云贵，向西进入湖广，也把弋阳腔带向全国，与当地唱腔融合，形成新的地方戏。入安徽有了徽戏，入江苏有了昆曲。弋阳腔的表现形式有徒歌、帮腔和滚调，主要曲目有《破镜记》《白蛇传》《袁文正还魂记》《薛仁贵白袍记》《目连救母劝善戏文》等。

继汤显祖之后，在清乾隆时期，出现了另一位伟大的戏曲家蒋士铨（1725—1785 年）。他是铅山县永平人，字心余，号藏园，以诗盛名，与袁枚、赵翼并称乾隆"三大家"，却以戏曲扬名后世，流传千古，著有《红雪楼九种曲》，有书坊渔古堂别为翻刻，称《藏园九种曲》，分《空谷香》《香祖楼》《冬青树》《临川梦》《一片石》《桂林霜》《第二碑》《雪中人》《四弦秋》九种。永平、石塘、河口、洋口世称上饶四大古镇，也是信江流域的千年古镇，任岁月流徙，人事变迁，始终不变的是山川风流、人间俊美。

永平和石塘，是铅河哺育的山中小镇，自古繁华十里。永平自唐宋有官方采铜矿场，石塘产连史纸。连史纸薄而匀称，洁白如羊脂玉，着墨即晕，入纸三分，防虫耐热，永不变色，千年不腐，是极其珍贵的纸，堪称"纸中丝绸"。连史纸的原料是还没长叶子的嫩竹，晒干，以石灰水发酵，浸三个月，再晒干，用清水泡，去除杂质，晒干，舂细，在池子里拌匀，用网过滤泥浆，加入凝固液，形成纸浆，用竹丝编织的抄纸帘，把纸浆抄起来，荡匀，成膜，干了就是一张纸。

　　当然，风情万种的是河口，与永平、石塘，均隶属于铅山县。河口，因处于信江河码头而得名，临信江而筑。我去过很多次河口。很多次是指超过二十次的意思。但已有五年没去了。河口是铅山的县城。

　　每次去河口，我都会去明清一条街走走。这是一条古街，明清时期的，建筑还保留着原始的风貌。石板街，古城墙，条石码头，木板房，深巷子；中药店，木器店，打铁店，棉花店，菜油店。石板街有两条深深的车辙，我仿佛看见，从货船搬下来的茶叶、盐、布匹、松香、瓷器，堆在两轮货车上，被一个个货夫拉着，南来北往，熙熙攘攘。街有两华里长，两边是木板房，深深地逼仄进去，上下两层，窗口临江而开，房子和房子之间有埠头深入下去，直达信江。民国以前，这条街是赣东北最繁华的商业街之一，货物交易，江南江北，船号不绝于耳，贩夫走卒不绝于市。酒肆临河的窗口，有妖娆的女子在唱歌。城门下，是麻石铺就的码头。船舶停靠下来，操各种口音的汉子搬运着货物，有茶叶，有盐巴，有中草药，有布匹绸缎，有牲畜，有瓷器，有各地的土特产。也有花船畅游江上，人们临江歌咏，跳舞，斗酒，行酒令。累了的，脏了的，赶不了路的人，在船上住了下来，喝酒、行令，酣畅忘归。河口，是长江进入鄱阳湖，逆信江而上的水路的最后一个码头。长江中上游省份的人，想入闽浙，河口是必经之地，因此商贾云集。走在古街上，仍能依稀听到江面飘来的歌声、咚咚嗒嗒的脚步声、行酒吆喝声、车轮嗒嗒声、清晨啪啪捣衣声、船行江面的划水声、深夜更夫当当当的敲更声、歌楼上甜腻腻的耳语声、呜呜呜的江号声，仍能呼吸到空气里炽热往昔的气味。1997年初夏，我去河口，好友傅金发邀约诗人汪峰、书法家丁智、小说家傅之潮等诸友，坐乌篷船游信江。信江碧波滔滔，九狮山蹲坐在对岸，打鱼人站在竹筏上，唱起悠扬的渔歌：

我打哥子句句真，家道贫穷有几分。
别样生意无本做，我靠打鱼去营生。

又唱：

唱个山歌哩我牵头，我是湖边钓鱼钩，
十斤个鲤鱼能钓起，半斤个鳊鲅不上钩；
细细鲫鱼细细鳞，细细菩萨降大神，
细细鼓哩乒乓响，细细秤砣哩压千斤。

江水在船底下咝咝咝地响，晚霞辉映江水，和峰峦的倒影互相映衬。我坐在船舱里，痴痴地听呆了。这就是天籁，不经意间随江水涌入心间。晚饭在船上吃，都是江边人家的特色菜。汪峰诸友喝着酒，我靠着舷窗，月色如银，倾入江心，随波荡漾。浮桥上，三三两两的人坐在上面，戏水，唱歌。也有人默默地坐着，聆听江水咕咕之声。那时，我多年轻，满头浓密的黑发，即使江风凛冽也吹不痛饱满的脸，临江赋诗，把酒泼向江心，对月而歌。

多年后，我写过一首《信江》，以作纪念：

正浓的夕阳被归雁运往天边
白帆一片两片，在河湾回旋处消隐
柳色青青，那是远游者遗落的临别赠言
在水面浮现：江南好，风景旧曾谙

弧形的向晚，水车咿呀转动，不疾不徐
你见识过这古老的座钟，摆动……摆动

寂寂流水是另一种喧哗，我们将不知所终
淡淡水雾，依稀可见上游的水转眼翻到下游

南岸丘陵堆叠，赭色的岩石丛生阔叶灌木
北岸高山延绵，山寺的桃花还沾着去年的灰尘
今夜，我们就在乌蓬船里手语，赊一盏月
悬于桅樯，不在意归途何处、不在意水穷何时

信江，可知四月迢迢，故园渺渺
水上的足迹，谁可曾见识？陌路的春风吹遍
澄碧的河面照见芦苇屋舍……鸥燕
浪打的泡沫里，分不清碎小的是人影还是苍穹

　　如今，已逝二十年矣。汪峰已两鬓霜白，我久不饮马信江。

　　河口上游四十余华里，便是上饶市。这是我生活的城市。1986年，我背一个木箱，来到毗邻的县城读书。1991年正月，我在县城工作，那时我二十一岁，住在一个小招待所，和徐勇睡一个房间，拜渭波诗人为师，学习写作。我们都还是单身，渭波老师每天在食堂用过晚餐之后，和发贵兄一起，去信江河畔散步。政府大院后面有一块稻田，稻田却不耕种水稻，种了许许多多的蔬菜，荒废了的稻田，则养了鱼。我们穿过菜垄，过一条窄窄的水泥桥，到了江畔。那是原始初生的江畔，还没被破坏或绿化，看上去有荒凉感。草滩上是牛皮草，密密匝匝却平整，牛背鹭和鹳鸟在黑黑的泥浆田里啄食。我们沿江堤来来回回地散步，青色的菜蔬散发一股涩涩的青味，和江面吹来的恬淡的风交融在一起，使我们的内心也像青草一样葱郁起来。薄暮时分，江水总是白花花的，湍湍茫茫。记得有一年大雪初霁，诗人萧穷来访，我们在徐勇家，和汪峰、

碧坤、发贵、渭波、克忠喝酒，汪峰、萧穷、发贵、碧坤各自喝了一瓶多，但并无人醉。我们穿过廖家树林，去信江河边玩。阳光暖暖的，晃眼，白灿灿的，像一块刚刚从火炉里抽出来的银锭。汪峰朗诵他的长诗《在上饶县城和朋友交谈春天》，他打着酒嗝，有点哩哩啰啰的结巴，朗诵了一半，倒在雪地里酣睡了。萧穷则把手表脱下来，扔到信江河里，还脱下衣服，要跳到信江里洗澡。那是多么酣畅淋漓的下午，满世界的银亮，白白的一片，积雪尚未融化，枯涩的草尖还露在雪绒外面，信江沉寂，江水推搡着江水暗暗远行。之后，好像我们再也没有过如此美好的邀约相聚，用汪峰的话说，是一夜之间，大风把兄弟们吹散。

　　孔子站在川上，面对浩浩长江，说：逝者如斯夫。面对信江，尘世中的我们又能说些什么呢？时间是逆向流逝的，江水永不逆流。一并流逝的，是我们毫不察觉的青春，以及即将完结的人生。而信江却依旧。张若虚在《春江花月夜》写道："江天一色无纤尘，皎皎空中孤月轮。江畔何人初见月，江月何年初照人？人生代代无穷已，江月年年望相似。不知江月待何人，但见长江送流水。……"我们穷其一生，事实上什么都没看见，也没被江月照见。我们是人群中可以被忽略的盲点。我们只是听到了信江朗朗的波浪声，叮叮咚咚。能听到波浪声，也是美好的。当然，这样说似乎有些悲凉——人的一生那么短，谁又不悲凉呢？在今日冬夜，我读到老乡林莉的《献给汨罗的七行》：

爱是如此脆弱，它停在我奔向你的途中了
从赣鄱到潇湘，从信江到汨罗，从我到你
不是简单的故乡到故乡，江流到江流，名字到名字
而究竟是什么让命运的底牌那么轻易地显现
爱是如此脆弱，它只能停在我奔向你的途中
汨罗，我携带了满满一筐火焰而去

如今它又被我背回来，夜夜焚烧我的心

汨罗是中国诗人墨水的上游，信江有我们出发的码头，也是晚归的安歇地。或许再也不归来。不归来的人，是走失了的人，是杳无音信的人，是下落不明的人，是头枕江涛醉卧江野的人，是双手抚摸天边的人。

上饶市是赣东北地区最重要的城市，是江西的东大门，信江穿城而过，像一条腰带。它是一条自东向西的河流。东面是怀玉山山脉，南面是武夷山山脉，西北则是丘陵地带，所以赣东北的河流与浙西、闽西北的河流不会交会也不相通。金庸大侠没来过赣东北，但对上饶的地理板块非常熟悉。在《碧血剑》中，他写袁承志下山，落脚的第一个码头便是上饶。从上饶去衢州，没了水路，中途要换马匹。他写到码头的繁华，车水马龙。确实，赣东北是一个地肥水美的粮仓，在农业时代，它的富足令人垂涎，也因此在冷兵器时代，上饶是一个战略必争之地。它的富足得益于广袤的土地和两条丰沛的河流。一条是信江，另一条是昌江。昌江把景德镇的瓷器运往世界各地，信江哺育了三百多公里长的大地，织网般的河汊覆盖了每一个村社。现在，上饶已经没有码头了，我在二十岁前见过码头依稀的模样。码头叫渡口，用长条麻石修建向下的台阶，有一个阔大的平台，有浮桥通到对岸的汪家园。浮桥是木船以铁链拴起来的，人走上去，桥晃悠悠地摇动，铁链当当当地响个不停。大人、小孩坐在浮桥上玩水，有的人还跳到信江里游泳。在20世纪80年代，浮桥是最热闹的地方，白天，妇人在此洗菜、洗衣，男人赤膊玩耍，晚上，钓鱼的人坐在桥面上，抛钩拉线，年轻人则手拉手跳舞。

在那个年代，这里每一个人的成长史都是与信江有关的。每一个人的心里都有一条像血液一样涌动的河流。

我不知道，是否有人徒步走完信江流域。在1998年，上饶师范学

院人文教授汲军、程继红对我有过提议，从信江源头三清山到信江入湖口鄱阳，全程三百多公里，进行一次徒步考察，终因我们是世俗中人，没有成行，但这个念头扎下根来。鄱阳湖，我去过多次，去余干、去鄱阳、去万年，都游过鄱阳湖。作为中国最大的淡水湖、全国首批重要湿地、亚洲最大的候鸟栖息地，鄱阳湖壮观之美自是无须多言。在 1995 年端午时节，我在鄱阳湖上工作了半个月，至今难忘。1995 年初夏，南方普降暴雨，洪灾泛滥。我随当时的上饶地委主要领导去鄱阳、余干、万年抗洪救灾。从余干入湖，沿途一个个乡镇勘察洪灾。差不多每天早上上船，晚上十点多才下船，吃饭在船上，住在宾馆。船是客船，有餐厅和休息室。每餐的菜只有鱼和青菜。鱼是鄱阳湖的鱼，各色各样，半个月下来，鄱阳湖的各种鱼类，基本吃遍。白天无处可去，站在船舷边，看浊浪滔天。但并不觉得恐怖。

　　江河湖海。信江融入了滔滔的鄱阳湖，鄱阳湖最终也奔腾入海，万古不息。

　　作为一条河流，信江永不终结。

为卑微的人塑像（跋）

　　我以文字的方式，对我的城市生活作一次回望。

　　自 1994 年 10 月，在上饶市生活后，虽有中途短暂离开，但生活的方式和范围，我没有改变。我观察、记录周遭的人与事，也记录自己的生活。

　　我在城市生活的年代，城镇化正高速发展。我目睹时代高速奔驰的列车。强大的时代下，每一个人都是微不足道的。我的笔触也落在他们的身上。他们是路边卖水饺的人、卖鱼的人、捡矿泉水瓶的人、超市服务员、病房里的挣扎者……他们在街道、巷子出没，脚步匆匆。他们每一天的生活很明确。他们不幻想，但他们始终有着美好的愿望。他们的身上落满了生活的灰尘，但不会面目全非。他们是卑微的人。他们是城市的血与肉、筋与骨、灵与魂。没有他们，城市便不存在。

　　记录他们，就是记录我们的时代，记录我们的城市。他们经历的也是我经历的。他们的生活，我感同身受。

　　他们就是人民。人民至上的人民。我和他们共悲欢。

　　他们是那么美好。而其中有一些人，已离我而去；或者说，我已离他们而去——生活中杳无音信的人，注定生命有许多不堪。而我每每念及，心中会生出许多温暖、疼痛与愧疚。他们饱含热情地生活。他们用尽全力地生活。这让我无比感动。

他们从来就没有屈服于生活。

他们生发的温暖和痛苦，都是生命的有机部分。

我所写下的，无非是给他们塑像。

这是我唯一一本以城市生活为主题的散文集。

是为跋。

完稿于斯达酒店